노년, 그 후

호주 이민 1세의 자전적 에세이

노년, 그 후

배용찬 지음

'멋진 마무리'를 하는 방법이 어떤 것인지

나이가 들어 늙어지면 세상을 살아온 햇수를 알리는 주름살과 백발
은 결코 거추장스러운 추함이 아니라 의미 있는 삶 속에서 생기는
아름다운 인생의 흔적이라는 생각을 한참 전부터 가지고 있었다.

좋은땅

들어가는 말

늦어서 일어날 일들을 쓴다는 것은 참 외람된 일이다. 자칫 젊어서 하지 못했던 일들의 한풀이가 될 수 있기 때문이다. 그러나 미리 눈대중이라도 해 두는 것이 여러모로 좋을 듯해서 작정하고 쓴 글이 이 글이다.

내가 60을 넘기고는 늘 머리를 떠나지 않는 화두는 "인생의 마지막 때"였다. 젊음에 대한 그리움은 우리를 태초의 순간으로 안내하지만 늙음은 쇠함과 추함을 상징하는 것만이 아닐 것이라는 생각으로 시작한 일이다. 나이가 들어 늙어지면 세상을 살아온 햇수를 알리는 주름살과 백발은 결코 거추장스러운 추함이 아니라 의미 있는 삶 속에서 생기는 아름다운 인생의 흔적들이라는 생각을 수년 전부터 가지고 있었다.

그러나 막상 '멋진 마무리'를 하는 방법이 어떤 것인지 그리고 그 시간을 어떻게 살아야 하는지 구체적인 계획도 없이 이리저리 주변을 두리번거리기도 하고 서적을 탐독해 보기도 하였지만 무엇 하나 제대로 이루어 내지 못하고 그럭저럭 살다가 불현듯 70을 넘겼다. 그런 후 또 마지막 10년을 용을 쓰면서 살았지만 살아갈수록 인생의 의미는 손에 잡히지 않고 머리에는 서리만 더 내린 듯하다.

사실 70이라는 나이가 노인이라고 하기에는 섭섭한 감이 없지 않다. 그래도 그 중반쯤 가서야 노인이라는 호칭이 겨우 어울릴 것 같은 것이 지금의 현실이다. 그래서 이제 70이 된 사람은 아직 몇 년은 버텨 볼 만하다고 여겨진다. 이곳 호주에서도 75세 정도가 되어서야 자타가 공인하는 노인의 대열에 선다고 여기고 있으니 그럴 만도 하다.

그렇다 보니 지나온 80여 년이 그리 길지도 않은 세월인데 그 이후의 시간을 이야기하는 것은 무리가 있는 듯 보이나 그 시간이라는 개념은 인생을 병들게 하고, 늙게 하고, 죽게 만드는 것만이 아니며 오히려 영원으로 인도하는 안내자가 될 것이라는 생각에 여기 그 이야기를 하려고 하는 것이다.

그 세월 80년은 그리 짧은 시간은 아니지만 인생의 깊은 경지에 이르지 못한 처지라고 희한과 자책만 하기에는 어쩐지 아쉬운 마음이 질척거리는 나이이다. 누가 대신 살아 준 인생도 아닌데 그렇게 무책임하게 내던져 버린 듯한 세월의 조각들이 지금은 시간이 갈수록 더욱 소중하게 여겨진다.

많은 사람들이 내 옆을 지나쳐 갔지만 누구 하나 삶의 깊은 여울에 손잡아 주면서 말을 걸어 준 사람이 없었던 것이 나에게는 불행이었고 그런 기회를 적극적으로 찾아 나서지 못한 나의 용렬함이 나를 더욱 슬프게 하고 있다.

이 글은 내가 70이 되던 해부터 쓰기 시작해 이제 80을 넘기고 있는 때에까지 이어 쓰려고 하니 생각이 굼뜨고 손이 어눌해져 맥이 끊어질까 걱정이 앞선다. 그러나 얼마 남지 않은 삶이 끝나기 전에 작은 족적이나마 남기려고 하는 몸부림으로 쓰는 글이다.

이제 인간이 80을 넘어 100세까지 욕심을 내는 때가 되다 보니 80이라는 햇수는 어디에도 내놓을 만한 나이가 되지 못하고 말았다. 오히려 마지막 축제를 위하여 준비하는 인생의 절정기가 되었다고 자위할 만하다. 그래서 나이 70이 되던 때 했던 각오에 비하여 더 진득하고 더 절절한 인생 마무리를 위해 이 글을 썼다. 강호제현들의 큰 아량과 성원을 기대한다.

Preface:

It is really foolish to write about things that I will do when I am old, as it can be an excuse for the things I could not accomplish when I was young. However, I decided to write this piece to anticipate what is to come, which I believe is a good idea. After I turned sixty, the topic that always lingered in my mind was "the end of life." My longing for youth leads me back to the beginning time, but my thoughts about aging began as an understanding that it is not just a symbol of decay and misery. The wrinkles and white hair that come with age signify beautiful traces of a meaningful life lived. I had this belief for years.

But when it came to finding ways to make a "great ending" and how to live through that time, I wandered aimlessly, reading books and trying different things, but I accomplished nothing. I just went on living, and before I knew it, I turned seventy. Even after that, I lived another ten years with a sense of purpose, but as time passed, the meaning of my life became elusive, and my mind felt frozen.

The truth is, calling someone over seventy an "old person" leaves a bitter taste in my mouth. Nonetheless, it is the reality that at some point in the mid-seventies, the term "old person" will barely fit. Therefore, those who are seventy now consider themselves able to withstand several more years. Even here in Australia, people consider themselves to have reached old age around seventy-five, so it makes sense.

That being said, the eighty years that have passed are not a short time, but I regret that I have not yet reached the deep end of my life. I feel a strange sense of guilt, even though I know that eight decades is not a brief time. Those pieces of time that I threw away recklessly, without responsibility, are now more precious as time passes.

Many people have passed by my side, but no one has taken my hand and talked to me about the deep waters of life, and that is a misfortune. I am sad that I did not actively seek such opportunities.

I began writing this piece when I turned 70, and now, as I

reached 80, I worry that my thoughts are muddled and my hands are unsteady, fearing that my writing may falter. Nevertheless, in the struggle to leave some small mark before my remaining time on this earth runs out, I write this piece.

With humans now pushing past 80 and striving for 100, the number 80 has become an age that cannot be considered particularly old. Rather, it can be seen as the pinnacle of life, the preparation for the final festival. That's why, when I turned 70, I wrote this piece with a deeper resolve and a more poignant conclusion in mind. I hope for the generous support and encouragement of my readers.

차례

제2부 병과 동행하는 노후

제3부 이민 1세의 호주 살이

여적(餘滴)들

제1부

노인, 서편노을에 서다

1. 노을 앞에서

멜버른(Melbourne)은 호주 대륙의 남쪽 끝자락에 오롯이 자리하고 있는 호주 2대 도시 중 하나다. 이 도시의 동남쪽에 자리하고 있는 우리 집 이 층 서재에서 바라보는 저녁노을은 일품이다. 나는 붉은색과 노란색이 어우러져 신비한 색을 만들어 내는 이맘때쯤에는 어김없이 그 노을을 바라보곤 한다.

겨울에는 창문 오른쪽에 걸쳐지고 여름에는 왼쪽으로 치우치는 노을은 겨우 몇 분밖에 지속되지 않지만 이 시간만 되면 그 붉은색과 노란색의 조합이 나의 살아온 세월을 멋지게 장식하는 듯하여 애틋한 시간이 되기도 한다.

그렇다 보니 나의 여생도 이 노을처럼 남아 있는 시간이 속절없이 마쳐질까 하는 설렘이 뒤따른다. 이제 찬란한 노을 앞에 서게 된 우리 세대는 그 전 세대보다 훨씬 편하게 살아온 세대들이라고 자위하는 마음도 있지만 그래도 그리 만만하지 않았던 세월을 살아오면서 겪을 것 다 겪은 힘든 세대였다고 할 수 있다.

우리 윗세대인 아버지 세대는 일제 침략 시대의 대부분을 겪고 난 후 6.25라고 하는 전쟁의 주역으로 살았으니 고통과 고난은 우리 세대에 비할 바가 아니었다. 그래도 아버지 세대는 그 윗대 할아버지 세대에 비하면 형편이 조금 나은 편이었을 것이다. 쇠락해가는 왕조의 몰락과 함께 일제 침략의 수난시대를 겪으며 살았던 그 핍절의 시대에 가족의 목숨 하나 보전하기 위하여 비굴하게 아부하면서 눈치를 보아야 했던 할아버지 세대보다는 한결 나았을 것이라고 생각된다.

70여 년 전에 있었던 전쟁 때에는 부모의 손을 잡고 피난길에 나섰지만 그것이 비극인지 희극인지를 알지 못한 채 생전 처음 별난 세상을 구경할 수 있는 기회로 여겼으니 철없음을 탓할 수밖에 없었고 겨우 세상물정을 익힐 때쯤에는 4.19나 5.16과 같은 정치의 혼란 중에서 나의 의사와는 상관없이 주역 아닌 주역이 되어 그 현실에 참여할 수밖에 없었던 것이 우리 세대였다.

학업을 마치고 처음 사회에 진출했을 때는 박정희대통령의 개발독재가 막 시작하던 때여서 춥고 배고픔에 익숙해 있던 우리에게 한술의 밥이 그렇게 감사할 수 없었고 일할 수 있는 일터가 있다는 사실에 감읍할 수밖에 없었다.

어릴 때부터 귀에 딱지가 앉을 정도로 들은 반공교육 덕택에 좌익이라든가 공산주의라는 말에는 소름이 돋을 정도로 거부감을 나타냈고 전 국민을 대상으로 한 새마을운동의 '잘 살아보세'라고 하는 선동적인 구호에 몸과 마음이 경도되면서 그저 '명령만 내리시옵소서.'라고 하는 열정으로 국가에 몸과 마음을 바친 세대가 우리 세대다.

그렇게 시작된 우리 세대는 요행으로 1960년대 말에서 1970년대에 걸쳐 있었던 월남전과 중동건설 바람을 잘 타서 한껏 국운을 융성시키는 주역이 되었고 죽을힘을 다하여 국가에 충성하다 보니 지금 이렇게 잘사는 것이 다 우리 세대의 공이라고 하는 자만심까지 가지게 되었다. 그래서 그런지 우리 또래에서는 '인권'이니 '민주'라는 말을 입에 올리는 사람을 이단자나 외계인으로 치부하는 버릇이 생겼고 그렇게 자신도 모르게 '수구꼴통' 보수 세력이 되어 버리고 말았다.

고국을 떠나 먼 나라 호주에서 산 지 한 세대를 넘겼지만 하루 세끼 밥은 김치에 된장찌개를 떨쳐 버리지 못하고 한국 정치에 귀를 쫑긋거리고 있는 호주 사회의 이단자로 남은 어설픈 한국인이 불현듯 황혼의 노을 앞에 서게 되었다. 윗세대로부터 물려받은 유교사상을 머리에 그대로 이고 있으면서 아래 세대로부터는 '꼰대' 세대로 취급받는 어리바리 세대가 되어 버린 80대를 어떻게 마무리할까 두려움이 앞선다.

2. 노후에 좋은 것들

"내가 죽어야지."라고 하는 말은 소외된 노인들이 자조적으로

하는 말이지 정말 죽고 싶어서 하는 말이 아니라는 뜻으로 알게
된 것은 내가 철이 들고서도 한참 후의 일이었다. 노인들이 하
도 그 말을 쉽게 하기 때문에 나이가 들어 노인이 되면 정말 죽
고 싶어진다고 생각하는 일이라고 지레짐작했던 것이다.

내가 그 나이가 되고 보니 정말 죽고 싶다는 마음은 꿈에도 생
각해 보지 않았던 일이라는 것을 알게 되었다. 빈말이라도 입에
올리고 싶지 않은 것이 그 말이었다. 그만큼 나이가 들어가면 갈
수록 삶에 대한 애착이 더 깊어지는 것은 자연의 이치인 듯하다.

신체의 구조와 기능이 조금씩 저하되고 질병이나 사망에 대한
감수성이 급격히 증가하면서 쇠약해지는 과정을 노화라고 하지
만 체내 생체시계의 정해진 바대로 진행되고 외부의 환경변화
에 따라 신체기관이 마모되면서 몸이 제 기능을 잃어가는 과정
도 노화현상에 포함된다고 하겠다.

사람이 80년을 산다고 할 때 그 긴 60년 동안을 어떻게 보내
야 하는가 하는 문제는 대단히 중요한 문제다. 그런데 인간의
수명이 이제는 80세가 아니라 100세 시대로 접어들고 있으니
오래 살고 싶어 하는 인간 본래의 욕구는 채워졌을지 모르지만
그 긴 세월을 어떻게 보내야 하는지에 대한 준비는 잘하고 있지
않는 듯하다.

이때 노인들에게 나타나는 질병이나 고독감, 빈곤과 역할상실
에서 오는 소외감 등은 감당할 수 없는 고통이 되어 뒤따라오기

마련이다. 주위에 위로해 줄 동료나 반려자는 이미 떠나 버렸고 자식들은 자신의 형편을 알아주기에는 아직 나이가 그에 미치지 못해 도움이 안 되니 고독감과 소외감은 노인들의 전유물이 되어 버린다.

아무리 늙지 않으려고 해도 이 세상에 젊어지는 샘물은 없다. 다만 거역할 수 없는 자연의 섭리를 지혜롭게 이겨내는 방법이 몇 가지 있을 뿐이다. 이 경우 '사랑', '여유', '용서', '아량' 등의 단어들이 떠오른다. 하나같이 아름다운 말들이지만 쉽게 다가오는 단어들은 아니다. 어쩌다 태어나서 허둥대다가 세월을 허송한 사람들은 너무 생소한 단어들이기도 하지만 어쩔 수 없이 친해져야 할 단어들이기도 하다.

늦었다고 생각할 때가 늦지 않은 때라는 말이 있듯이 지금부터라도 주위를 살펴 일거리를 찾아보는 것이 그 방법이 될 것이다. 세계 역사를 일구어 낸 유명한 사람들의 65%가 60대 이후의 사람들이라는 사실을 기억해 보면 좋을 듯하다. 천재적인 화가 미켈란젤로는 70세에 성 베드로 성당의 벽화를 그리기 시작했고 베르디, 하이든, 헨델과 같은 유명한 음악가들도 모두 나이 70을 넘기고서야 자신의 명곡을 완성할 수 있었다고 하니 지금이 늦은 때가 아닌 것은 분명하다.

노후에 자신이 좋아하는 일거리를 찾아 새로운 인생 2막을 설계하고 일하다 보면 옛날과 같은 패기와 용기는 없을지라도 인간관계가 좋아져 사는 보람을 느낄 수 있는 것이 멋진 노후의 삶이다. 전문지식이나 기술의 부족에서 오는 인간관계의 실패는 15%에 불과하지만 따뜻한 인간관계를 유지하면서 살아온 사람의 85%는 성공한 인생이 된다는 통계가 있다.

특히 이 시기는 자신의 존재의 의미를 되새기는 때가 되며 결국은 절대자에게로 가슴을 여는 계기가 한번쯤 찾아오기 마련이다. 그것은 이 땅에서의 영화보다 차원 높은 하늘의 소망을 바라보며 살아가는 인생이 되면 그 인생은 성공한 인생으로 마무리되는 것이라고 생각된다. Well Being에서 Well Aging 그리고 Well Dying으로 잘 가는 과정이 성공한 인생일 것이다.

3. 중늙은이들

나는 해방이 되기 몇 해 전에 태어나 이제 80을 넘긴 나이지만 얼마 전까지만 해도 중늙은이라고 자처하고 있었다. 그 나이에도 여전히 중늙은이라고 우기는 이유는 사리판단이 그런대로 정상 쪽에 가까우리만치 정신이 그럴듯하고 잔잔한 병 말고는 치명적인 병이 없어 활동하는 데 남 보기에 건강하다고 여기고 있는 형편이기 때문이었다. 사실은 아주 늙은이로 치부되는 것이 싫어서 붙인 나름대로의 고집에서 연유한 것이기도 하다.

그러나 그것은 전적으로 나의 착각이었다. 나이가 들어가면 그 나이에 걸맞은 신체 건강상태가 있게 마련인데 그 자연적 현상을 거스르는 일이 이치에 맞지 않는데다가 빠져 가는 힘을 막을 방법을 모르고 있으니 애당초 늙은이가 중늙은이로 자처하는 것은 욕심일 수밖에 없다는 사실을 알게 되었다.

사람이 80년을 산다면 그중 26년은 잠자는 데 쓰고 21년은 일을 하고 9년은 먹고 마시는 데 소비하지만 웃는 시간은 겨우 20일뿐이라고 한다. 그래서 늙는다는 사실은 조금씩 자신의 나이를 알고 그에 걸맞은 생각과 행동을 하는 것이라는 사실도 알게 되면서 나는 지금, 무엇을, 어떻게 해야 하는가 하는 문제에 집중하게 되었다.

나는 대학에서 배운 전공을 살려 강원도 첩첩산중의 광산을 자원해 20년 청춘을 땅속 갱도에서 보냈다. 갱도의 총 길이가 500킬로미터도 더 되는 큰 규모의 광산에서 원도 없고 한도 없이 갱도를 뚫어 보았고 시추작업도 해 보았다. 특별히 지하 600미터 밑에 있는 대규모 광물자원을 나의 우연한(?) 판단으로 찾아냈을 때에는 대한민국의 원료자원을 확보했다는 자부심 하나로 세상을 호령했던 때도 있었다.

1970년대에 들어서면서 중화학공업 육성을 위한 기초자원의 확보라는 사명이 내 어깨에 지워졌을 때에는 세계 30여 개국의 정글과 사막 그리고 5천 미터가 넘는 고봉을 오르내렸다. 지하자원확보의 첨병으로 일할 수 있었던 것은 나에게는 세상을 넓게 볼 수 있는 큰 안목을 갖게 해 주었다.

그즈음 대한민국은 천운을 얻어 새마을사업이라는 거국적 전환기를 거치면서 겨우 한 세대 만에 한강의 기적을 이루어 낸 것은 그 현장의 주역이었던 우리 세대가 해 낸 일이었지만 그것은 대한민국이 특별한 축복을 받은 나라였기 때문이었을 것이다.

이렇게 해서 우리나라가 88올림픽을 치르고 난 후 나는 우리 세대가 더 이상 조국에 기여할 수 있는 일이 남아 있지 않음을 알고 좁은 대한민국의 영역을 넓히는 결단, 이민을 선택했던 것이다. 삶의 뿌리를 송두리째 옮기는 이 일에 나는 나의 마지막 명운을 걸었던 것이다. 작게는 우리 자식들의 미래를 위하여 그리고 더 크게는 대한민국의 영역을 넓히기 위하여 이민을 선택했던 것이다.

짝을 만나 50여 년을 동거하면서 둘이 넷이 되고 넷이 다시 여덟이 되더니 이제 나는 우리 부부로 인하여 16명의 피붙이가 생겨나 대한민국의 영역을 세계 속에 넓히고 있음을 자랑하고 싶은 마음이다. 그런 내가 지금 조국을 안타까운 눈으로 보고 있다.

국민소득 3만 불이 넘었다고 으쓱하고 있는 모습이 적이 안쓰럽기 때문이다. 한국의 두 배가 조금 넘는 소득을 가지고 있는 호주이지만 그렇게 호기를 부리지도 않고 자랑도 하지 않으면서 모두가 어울려 사는 모습이 더 여유롭게 느껴지는 것은 중늙은이에서 아주 늙은이가 된 이때에 내가 결코 잊을 수 없는 조국 대한민국이 있기 때문이다.

4. 노년의 황금시대

황금의 청장년 시대가 지나면 이내 쇠락하는 노년이 따라오는 것은 정한 이치이지만 사람들은 그 노년을 조금이라도 늦추어 보려고 별별 짓을 다 하고 있다. 그래서 늙은이라는 말이 싫어서 중늙은이라는 말에 붙어 있으려고 한다. 아마도 60대와 70대 초반에 이르는 노인을 이렇게 부르고 있을 것이지만 50에도 이르지 못한 젊은이들에게는 늙은이나 중늙은이나 그게 그것일 것이다.

시간은 태초부터 정해진 개념인데 21세기에 와서 갑자기 빨라질 이유가 없을 터이지만 나이가 든 우리들이 빠르다고 생각되는 것은 상대적인 시간감각의 차이일 것이다. 그런 시간이 이제 노년에 와서 새삼 빠르게 지나간다고 느끼는 것은 아마도 우리의 생각과 행동이 예전과 같지 않게 느리다 보니 시간의 속도를 상대적으로 빠르다고 느끼는 것이다.

　이런 시간의 차이를 생각하면 이 노년에 할 수 있는 일이란 거의 없다. 무슨 일이든지 마음먹고 시작하려고 하면 이미 끝나버리는 그 속도를 따라잡기는 애당초 틀렸기 때문이다. 그래서 내가 가장 즐겨 하는 일은 '멸치 다듬기'나 '마늘 까기'와 같은 시간에 관계없는 일들이 되어 버렸다. 집사람을 도와주는 일이라 명분도 있으며 조금 늦어도 별 탈이 없고 잘못해도 그냥 넘어갈 수 있는 이런 일들이 노년생활에 안성맞춤이 되어 버린 것이다.

　보다 차원이 높은 일들, 그러니까 그림 그리기나 글쓰기와 같은 젊어서 해 보지 못했던 취미생활을 해 보겠다고 나설라 치면 여지없이 집사람으로부터 태클이 들어오게 마련이다. 돈도 되지 않는 일에 공연히 시간을 허비하지 말라는 엄명에 한마디 항변도 못하고 스스로 일을 접은 적이 한두 번이 아니었다.

　그러다 보니 생활의 주도권을 송두리째 박탈당한 것은 말할 것도 없고 무슨 약속이나 나들이 갈 일도 집사람이 주선해 주지 않으면 아무것도 할 수 없는 무능력자가 되어 가는 형편이 노년의 모습이다. '힘 있을 때 잘할 걸' 하고 후회하는 때에 이른 것이다.

　그래서 노년에 여자들에게 필요한 것은 돈과 건강, 친구, 딸 등 실제로 실감 나는 대상들이 거론되지만 남자들에게 필요한 것은 아내, 집사람, 마누라, 애들 엄마라고 하는 이야기는 이런 노년의 남자들을 슬프게 하는 것들이다. 집사람과 딸들 간의 전화가 24시간 통화 중 상태인 것을 보고 사람들은 그런 집을 부러워하지만 아비는 그 대화에 끼어들지 못하는 설움 때문에 늘 면벽 수행자가 될 뿐이다.

이러다 보니 제 아비의 일거수일투족이 속속들이 딸들에게 중계방송되어 평생 이루어 놓았던 허울뿐인 아버지의 그 알량한 권위마저 땅바닥에 떨어진 지 오래다. 어쩌다 딸들에게 무엇 하나 부탁을 하려고 해도 모든 일을 집사람이라는 통제관의 수속을 거쳐야 하는 서글픔에 마음을 접어야 할 때가 한두 번이 아니다.

그렇게 무기력해지고 목에 들어 있던 힘이 다 빠져나갈 즈음에 내 주위에 걸쳐져 있던 세상의 찌꺼기들이 하나둘씩 떨어져 나가고 있다. 작은 명예에 집착하던 마음이 없어지고 나에게 주어진 무거운 짐들을 스스로도 내려놓다 보니 나의 몸은 옛날보다 훨씬 가벼워진 듯하다. 하던 일에서 정년퇴임한 시점을 기준으로 뒤로 물러설 줄 알게 된 것은 나에게 더없는 축복으로 다가왔다.

현대 의술의 발달로 생명이 연장된 결과 나 역시 본의 아니게 그 장수 대열에 끼이다 보니 이제 80대의 출발선쯤에서 다시 마음을 고쳐먹을 수밖에 없었다. 내가 내 인생에서 가장 찬란한 황금시대를 구가하고 있다는 것을 스스로 알게 된 지금이 나의 찬란한 노년이 아닐까 여겨진다.

5. 세월을 탄(歎)하다

　오늘이 지나가면 어제가 되고 그것이 쌓이면 과거가 되고 세월이 더 흐르면 추억이 되는 법인데 그 추억이 사람마다 달라 한마디로 가늠하기가 어려운 법이다. 긴 굴곡의 여울을 거친 사람은 열두 권의 소설로도 모자란다고 할 것이고 화려한 인생을 살았다고 하는 사람 역시 그 뒤를 훔쳐보면 화려함이라는 보자기에 싸인 내면에는 혼자만이 가지고 있는 질곡들이 수없이 엉키어 있게 마련이다.

　그것은 젊었을 때보다 더 철이 들어서 사리판단이 조금 더 정확해졌기 때문일 것이며 죽을 때가 가까워지니 절대자에게 야단맞을 일들을 생각하면서 조금 더 좋은 일을 해야겠다는 찌질한 반성 때문일 것이다. 그렇기 때문에 나는 지나온 세월을 탄(歎)하지 않기 위해 미리 죄를 청하는 마음이 앞선다. 여기에는 옛 고리짝 더미에 쌓여 있는 부끄러운 과거마저 그냥 덮어 두기에는 못내 마음이 허락하지 않아서 그렇다.

　되돌아보면 후회스럽고 부끄러운 일들만 생각난다. 부모나 부형의 엄격한 훈도를 받아 긴 인생의 기초를 든든하게 세우지도 못했고, 좋은 친구를 사귀어 진정한 인생의 조력자를 찾지도 못했고 겸손한 품성을 배워 남에게 헌신하는 도리조차 제대로 갖추지 못했으니 후회막급한 일들이 한둘이 아니다. 그저 시류에 따라 눈치로 세상을 가늠하면서 살았으니 인생이랄 것도 없는 무지렁이 삶이었다.

그래도 천만다행인 것은 내 옆에 신실한 반려자를 만나 후반기 나의 방향타가 된 일 그리고 그중에서도 그녀를 통해 절대자를 만날 수 있었던 것은 축복 중에서도 가장 큰 축복이라고 할 수 있다.

이런 인생이지만 한 번밖에 주어지지 않는 불가역의 시간은 절대자가 주신 소중하고도 귀한 선물임을 알고 있다. 이 선물 속에는 수도 없이 많은 사랑의 빚들이 생각난다. 내가 준 것보다 몇십 배, 몇백 배의 사랑을 받았지만 한 번도 그 사랑을 되돌려 내라는 독촉 한번 받아 보지 못하고 살아온 인생이다. 설령 사랑의 빚 독촉을 받았다고 한들 갚을 길이 없어 빈손만 내밀고 말았을 것이다.

그래서 생각해 보니 진정한 사랑은 상대를 이해하는 일에서부터 시작하는 듯하다. 그 이해는 또 오래 참음으로써 가능한 듯하며 끝까지 참아서 완성되는 듯하다. 진정 이웃을 사랑하는 사람은 아무리 힘들어도 참을 수 있는 사람만이 가질 수 있는 특권이다. 그 사랑을 나는 절대자를 만나고부터 알게 된 것이 여간한 축복이 아닐 수 없다.

자식으로 딸 셋과 아들 하나가 지금은 모두 가정을 꾸리며 살고 있지만 저희들 자랄 때 저희 아비가 하던 못된 짓거리들만 기억하다 보니 늘 무뚝뚝하고 비정한 아비로만 대할 때마다 나는 가슴을 치고 있다. 그래도 아비의 자식 사랑하는 마음은 역사 이래로 달라진 것이 없듯이 나 역시 그 자식들이 귀하고 사랑스럽기는 지금의 저희들 못지않았다고 자부할 수 있다.

그 많은 해외 출장 때마다 제일 먼저 준비하는 것은 딸들에게 줄 선물이었으며 가는 곳마다 제일 먼저 보내는 그림엽서는 딸 셋의 이름으로 번갈아가며 줄기차게 써 보냈고 어느 크리스마스 때에는 제 몸체보다도 더 큰 인형을 하나씩 안겨 주기도 했다.

다시 오지 않는 그런 세월들이 안타깝고 애잔하여 '내가 너희를 정말 사랑했단다.'라고 이야기해 주고 싶지만 골수 경상도 속물인 나는 '내 디저도 그 말 몬한다.'라고 하는 아집으로 살았지만 지금쯤은 이 아비의 마음을 조금은 이해하고 있을 것이라고 자부하면서도 이 노년에 속절없이 세월의 의미를 되새기고 있다.

6. 70대에 생각나는 것들

탈무드에 이런 말이 있다. 인간의 몸에는 여섯 개의 소용되는 부분이 있다. 그중에서 셋은 자신이 지배할 수 없지만 또 다른 셋은 자신이 마음대로 할 수 있는 부분이 있다는 것이다. 앞의 셋은 눈과 귀 그리고 코이고 뒤의 셋은 입과 손과 발이다. 우리는 보고 싶은 것만 볼 수 없고 듣고 싶은 말만 골라 들을 수도 없으며 맡고 싶은 냄새만 선택해서 맡을 수 없다.

그러나 사람은 의지에 따라 좋은 일을 할 수 있고 손과 발을 이용하여 하고 싶은 일을 할 수 있다. 누구나 알 수 있는 이 진리를 70년쯤 살다 보니 조금씩 알게 된 것은 큰 다행이었다. 인생의 방황은 목표가 없어서가 아니라 살아야 하는 목표를 잃었기 때문일 것이라고 여길 때쯤이 70이라는 나이이고 인생의 궁극적인 목적은 무한한 성장이 아니라 내적 성숙이라는 사실을 깨닫게 되는 때가 70대라고 생각하게 되었다.

세상에 태어나 성장한 후 결혼을 하고 가정을 이루며 살다가 자식이 태어나면 자신의 삶을 그 자식에게 전해 주면서 인생의 무대에서 퇴장하는 것을 일생이라고 한다. 그 일생 중 내가 겪어 본 때를 기준으로 보면 70대가 가장 의미가 있고 보람이 있는 시대라고 생각하게 되었다.

일생을 살면서 배워 그 인생을 안다고 해도 늘 모자라는 법인데 묵묵히 머리를 숙이고 배우는 인생을 살아 보려고 진지한 노력을 하지 않다 보니 70에 이른 것이니 배움의 마음이 다져지지 않아 어설픈 인생이고 설 자리 앉을 자리를 헤아리지 못했으니 바보 인생이었다.

이 70대는 인간의 수명을 70대를 잘 마친 후의 일이라고 한다면 이제 겨우 인생의 종착지에 도착했다는 의미이다. 하지만 개인의 삶은 각자 경험하고 느끼는 것에 따라서 매우 다양해서 '인생 칠십을 살았다'는 표현이 그 사람이 풍부하고 행복한 삶을 살았다는 것을 보장하지는 않는다.

나의 자식이 자식을 낳아 어느 정도 키워 놓았을 때가 나의 70대이니 그 자식들을 내가 돌볼 처지도 아니지만 그 자식이 저희 자식들 기르는 데 골몰이 되어 미쳐 제 아비 어미를 돌아볼 처지가 아니라는 사실도 아는 때가 70대인 것이다.

젊어서는 우리 부부의 생일이나 결혼기념일을 맞을 때마다 자식들이 알아서 축하해 주기를 바라거나 선물 받기를 원해 보지만 그 자식들이 경제적 능력이 없어서 그러지 못했고 그 자식들이 경제활동을 한참 할 때는 저희 자식을 거두어 돌보다 보니 제 아비 어미에게 신경을 쓰지 못하는 것은 너무 당연하다고 아는 때가 또한 70대라는 것이다.

그러고 보니 70대는 보기에 따라 인생의 외로운 마지막이라고 여길 수도 있으나 장본인은 아직 이 세상에서 쓸모가 한참이나 많이 남아 있다고 착각하며 살고 있는 때이다. 이런 때가 바로 자신을 더 보고 더 자중할 때가 되는 것이다.

그렇게 70대가 살같이 지나고 모퉁이를 한 번 돌기만 하면 이

내 80대라는 칙칙한 세대가 기다리고 있다. 그때에는 아무도 우리를 아쉬워해 주거나 안타까워해 주는 이가 없는 황량한 시간이 기다리고 있을 것이다.

이런 때를 대비하여 남겨진 70대를 최대한 활용해서 그때에 외롭고 쓸쓸한 노인이 되지 않기 위하여 무엇인가 준비해야 할 때가 70대이지만 그마저 촌각만 남아 있으니 마음만 조급할 뿐 아무것도 할 수 없는 70대의 마지막이 가차 없이 지나가고 있다.

7. 80년을 살아 보니

청년기를 보내면서 대의를 품고 세상을 헤쳐 나가기 위해 나름대로 정진이라는 모습으로 노력도 해 보았지만 그것이 모두 허상이었음을 이 나이가 되고 보니 알게 되었다.

생각과 행동이 운명을 바꿀 수 있다고 배웠고 순리를 거역하고 탐욕이 지나치면 반드시 화를 입게 된다는 것도 뒤늦게 알게 되었다.

세상을 살면서 길이 막히면 돌아가고 그도 안 되면 쉬어 가야 하는데 이상만을 추구하며 현실을 직시하지 못했으며 먼 곳을 가려면 가장 가까운 곳부터 출발해야 함에도 불구하고 쉬운 지

름길을 찾다가 좌절에 빠진 일이 한두 번이 아니었다.

물은 그릇에 채워야만 제 역할을 다할 수 있고 골은 깊어야 짐승들이 깃들며 물이 깊으면 고기가 살게 된다는 사실과 큰 새는 아무리 배가 고파도 조를 먹지 않으며 사자는 허기가 져도 풀을 뜯지 않는다는 사실을 자연의 섭리라고 이해한 것은 70을 넘기고서야 알게 되었다.

인간에게는 욕심이 없는 도심(道心)과 악에 빠지기 쉬운 수심(獸心)이 겹쳐 있다고 한다. 지나친 욕심은 삶을 파괴하기 쉬워서 예로부터 재화가 많으면 걱정이 한 짐이고 마음이 부자면 행복이 한 짐이라고 하지 않았던가.

가진 물질은 나누는 것이 긍휼(矜恤)이요 보시(布施)다. 물은 쓰면 다시 채울 수 있으나 가두어 두면 썩기 마련이다. 그래서 약자에게 온정을 베풀면 축복이 뒤따라오는 것이다. 세월이 가면 찬란했던 젊음을 지켜 낼 장사가 없고 초라한 늙음을 막아낼 장사가 없는 것이 세상 이치다.

살아 보니 세상은 너무 공평하다는 것도 알게 되었다. 뿔이 있는 소는 날카로운 어금니가 없고 뿔이 없는 사자는 예리한 송곳니가 있다. 아름다운 꽃에는 열매가 신통치 않고 숨은 듯 가려져 있는 꽃은 아름다운 열매를 맺고 있다. 날개 달린 새는 다리가 두 개뿐이지만 날개가 없는 개는 다리가 넷이나 된다.

그렇게 나를 내세우려고 갖은 힘을 다 쏟아 보았지만 내가 높아지기는커녕 말석에도 미치지 못하고 말았으니 그 언저리에서 얻은 것은 수치와 후회뿐이다.

그 인생의 길에서 만난 사람들에게 미안하고 죄스러운 마음만이 기억에 남으니 어떻게 그 죄를 털어 버릴 수 있을지 아득하기만 하다.

이렇게 나이가 들어 보니 가장 대하기 어려운 사람은 젊은이들이다. 이들은 미래 어떤 사람이 될지 가늠이 안 되는 미지수의 가능성을 지니고 있는 존재이다 보니 행여 소홀히 대하다 낭패를 당할 개연성이 있기도 하겠지만 낡아 녹슨 지식으로는 그들의 전광석화 같은 대응능력을 당해 내지 못하기 때문이기도 하다.

옛날에는 노인 대하기를 공경하는 마음으로 대했는데 지금은 그 희소성은 고사하고 첨단화된 지식과 정보가 노인들의 지혜를 넘어서고 있으니 어디를 가든 그 고고한 노인의 위세를 내세울 때가 아니라는 사실을 익혀 자중하고 또 자중하는 것이 노인의 천수를 지키는 방법이라는 사실도 알았다.

그래도 천수를 다할 때까지 살아야 하니 인생의 쉼과 더불어 살아야 하는 때가 이때이다. 쉼은 인생에서 너무 자연스러운 과정이며 삶의 마지막 과정이다. 아무리 아름다운 선율이라도 쉼표가 없는 음악은 소음이 될 뿐이라는 사실을 80이 된 나이에 깨달아 알게 되었다.

8. 노후의 복

'복 많이 받으세요!'라는 연말연시 인사법이 있다. 무슨 복을 어떻게 받는지도 모르고 의례적인 인사치레 말이 된 지 오래인 것 같다. 아마도 '새해에는 더 건강하고 돈 많이 벌어서 좋은 세상을 사세요.'라는 의미로 쓰이지만 그 복의 참뜻을 이해하고 쓰는 사람이 그리 많지 않은 듯하다.

복에 대한 인식이 동서양에서 차이가 있다. 동양에서는 오복으로 대표되는데 수(壽), 부(富), 강녕(康寧), 유호덕(攸好德), 그리고 고종명(考終命) 또는 다자(多子)를 들지만 서양에서는 성경에서 나오는 여덟 가지 복을 들고 있다.

심령이 가난한 자, 애통하는 자, 온유한 자, 의에 주리고 목마른 자, 긍휼히 여기는 자, 마음이 청결한 자, 화평케 하는 자 그리고 의를 위하여 박해를 받은 자 등 이 모든 사람들이 복을 받는다고 하고 있다.

세상의 눈으로 보면 동양의 5복은 천부적으로 주어지는 선물이라는 개념이 강한 반면 서양의 8복은 비교적 구체적이라고 할 수 있다. 그러나 이 8복을 제대로 이해하기가 그리 쉽지 않다.

심령이 가난하면 평생 가난하게만 살 팔자요 애통하는 자는 나약한 심성으로 생존경쟁에서 실패할 수밖에 없는 팔자며 긍휼히 여기는 자와 마음이 청결한 자 그리고 화평케 하는 자들은 험한 세상살이에 낙오하기 십상이라는 생각을 하게 된다.

그러나 역설적으로 이런 복은 고난과 연단을 통해 얻어지는 값진 결과만이 이룰 수 있는 것이기에 이를 하늘이 주는 복이라고 가르치고 있다. 그래서 사람들은 복되게 살기를 추구하지만 그리 녹록지 않은 것이 인생이다.

복은 조상의 음덕으로 받는다거나 우연히 그리고 자연스럽게 오는 것이 아니라 고난과 역경이 파도처럼 몰려올 때 이를 극복하는 과정을 통해 얻어지는 열매라고 할 수 있다.

성경에서 처음으로 복을 받은 사람은 아브라함(원명 아브람)이다. 하나님이 지시한 대로 고향과 친척과 아버지의 집을 떠나라고 했을 때 주저함이 없이 그 명령을 따름으로 그 가족은 큰 민족을 이루게 되어 복을 받게 되고 결국 이스라엘의 믿음의 조상이 된다. 그러면서 하나님은 그에게 축복을 하는 자에게는 축복을, 저주하는 자에게는 저주를 할 것이라는 약속을 한다.

이때 아브라함의 나이가 75세라고 했으니 돌이켜 보면 40대 중반에 이민을 감행한 나에게는 그 많은 고난과 역경을 거치게 한 호주가 가나안 복지임이 틀림없다. 우리 가족은 이곳에서 하나님을 만나 그분으로부터 큰 복을 받고 살고 있기 때문이다.

성경에서 가장 복을 많이 받은 사람이 '욥'이라는 사람이다. 재산과 자녀들이 많아 축복을 받았지만 하나님은 그에게 온갖 고난을 허락하여 그 많던 재산과 자식들을 한꺼번에 잃는 재난을 당하고도 절대자를 굳건히 의지하였기에 그 후 더 많은 재물과 자녀들을 가지게 되면서 절대자로부터 진정한 복을 받는 장면이 나온다.

'내가 주께 대하여 귀로 듣기만 하였사오나 이제는 눈으로 주를 뵈옵나이다.'라고 고백하는 욥의 모습이 진정한 복을 받은 사람의 모습이라고 생각된다.

그래서 기독교에서는 신실하게 신앙생활을 하는 사람은 오히려 더 많은 고통과 시련을 겪으며 세상을 살아가는 사람을 말한다. 그 고통과 시련을 이기지 못하고 넘어지면 다가올 복을 스스로 버리는 것이 되며 끝까지 그 어려움을 자신에게 주어진 절대자의 축복이라고 여기면서 이를 극복해 나가는 사람만이 하늘의 상인 복이 주어진다는 사실에서 진정한 노후의 복을 발견해 본다.

9. 노년의 불편함

나이가 들면 노화현상이 수반되는 것은 자연적인 현상이지만 정신과 육신 모두가 옛날 같지 않아서 오는 정신적 박탈감은 예상외로 큰 편이다. 자신보다 어린 사람이 예전 같지 않게 대하면 괘씸한 생각이 앞서고 쉽게 할 수 있는 일도 지레 겁을 먹고 선뜻 나서지 못해서 오는 좌절감, 그렇게도 총기 있던 기억력이 연기처럼 사라져 바보같이 되어 버린 자괴감으로 자신이 미워도 그렇게 미울 수가 없게 되는 때가 노년이다.

어디 이뿐이겠는가. 민첩한 수단도, 발 빠른 대처능력도 없고 몸마저 굼뜬 노인이다 보니 자식들 눈에는 매사 불안해 보여 시도 때도 없이 아비의 일에 간섭을 하려 들곤 한다. 아무리 괜찮다고 우겨도 막무가내로 밀치고 나오니 힘으로도 당해 낼 수 없고 속도로도 감당이 안 되어 속으로는 열불이 나지만 어쩔 수 없이 뒤로 나앉고 만다.

얼마 전 딸들의 간섭도 그 일 중의 하나였다. 30년 넘게 살아온 집이 헐어 여러 군데 조금씩 고쳐 가며 살고 있는 집의 화장실과 욕조가 너무 낡아 큰돈 들여서 고치기로 했다. 문제는 그 과정에 일마다 간섭하고 지시하는 일이 여간 아니었다. 카톡이라는 첨단 통신수단 때문이기도 하지만 딸 셋이서 저희들 엄마하고 합세하여 수시로 원격지시를 했다.

그러고 보니 내가 자식들 나이일 때 부모에게 어떻게 했던가를 생각해 보고는 소스라치게 놀라게 되었다. 그때 나 역시 아버지, 어머니가 많이 늙으셨다고 여겨 매사 내가 독단적으로 일을 처리하곤 했었다. 그것이 부모를 위한 길이라고 여겼으며 그

것이 효도라고 여겼다. 그때 아버지, 어머니가 가지셨을 좌절감이나 소외감은 젊은 나의 머리에 없다 보니 속으로 얼마나 야속하다고 생각하셨을까 하는 생각에 죄송한 마음이 앞선다.

우리 나이가 되면 모두가 건강에 목을 매고 살아가는 형편인데 그 건강비법이라는 것이 어디 한둘이라야 따르지 수시로 오는 카톡이나 인터넷으로 수많은 비법(?)들이 난무하니 작정을 하고 따를 수 있는 방법이 없다. 그래도 '걸어야 산다.'라는 말만큼은 실감하고 있어 지금껏 유지하고 있는 비법이긴 하지만 그마저도 지키기가 여간 어려운 일이 아니다.

이런 일은 그나마 다행이지만 죽음이라는 생각이 문득문득 떠오를 때면 가슴이 답답하고 머리가 아득해지기까지 하다. 젊었을 때는 남의 이야기였고 늙음에 이르렀어도 이 문제를 구체적이고 심각하게 생각하지 않고 있다가 주위의 또래들이 한둘씩 세상을 등지는 것을 보고 나면 섬뜩한 생각마저 들게 된다.

앞으로 정리해 두어야 할 일들도 노인들을 불편하게 만들고 있다. 먼저 건강을 유지하여 자식들에게 신세를 지지 않도록 최선을 다하는 일과 가계를 이어 갈 아들에게 호주 최초의 우리 성씨로서 긍지와 자존감을 전해주는 일 그리고 손주들 중에 한국말이 서투른 아이들의 미래를 위해 특별히 기도하는 일이 그것이다.

이런 마무리 일을 하기 위해서는 우리의 건강을 어떻게 유지하여야 하는가가 관건이다. 지금의 형편으로 보면 부부의 건강 상태는 늘 아슬아슬한 상태를 유지하고 있다.

노년에 이르러서는 예전과 같은 예리한 판단력은 없어지고 일상생활만 겨우 해내는 정도이며 특히 하루에 여러 개의 약을 복용하고 있다 보니 그 약화가 염려되고 기력이 예전 같지 않은 일들이 우리의 노년을 더욱 불편하게 만들고 있다.

10. 노(老)테크

사람이 살면서 네 가지 어려운 일이 있다고 한다. 닥쳐오는 고난과 주위로부터의 냉대, 남에게 알릴 수 없는 고민 그리고 노년에 할 일이 없어지는 것들을 들고 있다. 앞의 세 가지는 누구나 겪게 되는 인생의 굴곡들이라서 자신의 노력에 따라 극복할 수 있는 일들이라고 하지만 노후에 찾아오는 외로움을 극복하기란 이미 때가 늦어 돌이킬 수 없다는 점이 다른 것과 구별이 된다.

많든 적든 노후준비를 한 사람과 그렇지 못한 사람은 모임에 가 보면 대번에 알 수 있다. 돈에 대하여 한 마디라도 내놓고 말할 수 있는 사람은 어느 정도 준비가 되어 있는 사람일 것이고 한 쪽에서 조용히 입을 다물고 있는 사람은 별다른 준비가 되어 있지 않는 사람이라고 보면 틀림이 없다. 흔히 재테크가 노후준비라고 여기는 사람들이 있다. 노년에 돈 걱정을 하지 않아도 되니 그것도 틀린 말은 아닐 것이지만 제대로 된 노후준비는 재테크만으로는 부족한 것이 사실이다.

일본에 목각의 대가로 유명한 사람이 있었다. 그는 107세로 세상을 떠났는데 사람들은 사후 그의 작업장에 가 보고는 모두 깜짝 놀랐다고 한다. 앞으로 30년은 충분히 더 작업할 수 있는 양의 나무가 창고에 가득 쌓여 있었다. 모두들 107세의 노인이 30년이나 사용할 수 있는 나무가 왜 필요했는지 의아해했던 것이다.

그러나 그 대가는 그렇게 생각하지 않았을 것이다. '30년은 더 장인으로 살 수 있겠구나.'라는 마음을 갖지 않았을까 하고 생각했다. 그에게는 나이가 아무 상관이 없었을 것이기 때문이다. 하루의 일이 있었으니 세상을 떠나는 날까지 행복했을 것이다.

노(老)테크는 은퇴 후 하고 싶은 일을 준비하는 것을 말한다. 노테크에서 가장 중요한 것은 무슨 일이든지 하고자 하는 열정이다. 만약 그 장인에게 열정이 없었다면 그저 평범한 노인에 불과했을 것이고 반대로 열정이 있었다면 107세라도 여전히 장인으로 살았을 것이다. 세상을 떠나는 그 순간에도 열정을 놓지 않았으니 그 목각 장인의 마음은 청춘이었을 것이다.

은퇴 후 30년을 핫 에이지(Hot Age)라고 말한다. 말 그대로 열정을 가지고 또 다른 인생을 사는 시기라는 뜻이다. 사람은 나이를 먹어서가 아니라 열정이 사라지고 할 일이 없어지면 그때부터 늙기 시작한다. 마음이 가장 먼저 늙는다. 한 생명보험회사에서 전국 40-50대 남녀 500명에게 "자녀에게 남길 가장 소중한 것이 무엇인가"라고 물었더니 삶에 대한 가치관이 81.2%를 차지했다는 것이다. 의외로 재산에 대한 답은 별로 없었다고 했다.

물질은 어떤 가치관을 가지고 있느냐에 따라 더 많아질 수도, 없어질 수도 있다. 또 없어졌다고 해서 모두 탕진했다고 말할 수도 없을 것이다. 하고 싶은 일에 쓰는 것은 모으는 것보다 인생을 더 잘 사는 것일 수도 있기 때문이다. 공자는 '즐기는 자가 최고'라고 했고 철학자 키케로는 '젊은이 같은 노인을 만나면 즐겁다'고 했다.

물질이 아무리 많아도 인생을 즐기지 못하면 잘 사는 것(Well being)이라고 할 수 없다. 은퇴가 인생의 끝이 아니고 은퇴 후의 또 다른 인생이 있다는 사실을 안다면 재테크 못지않게 노(老)테크도 준비해야 할 것이다. 핫 에이지(Hot Age)는 준비된 자에게만 오는 것이기 때문이다.

11. 노욕(老慾) 이야기

"치매보다 더 무서운 것이 노욕이다."라는 말이 있다. 치매나 노욕이나 서로 비교해 보고 그 경중을 따지자면 도토리 키 재기만큼이나 우열을 가릴 것이 못 되지만 그래도 노욕의 폐해가 더 엄중하다는 사실을 적시한 것이 아닌가 여겨진다.

치매에 걸린 사람은 자신을 스스로 판단할 능력이 없다 보니 마음에 고민이 없는 행복한 사람이라고 할 수 있지만 노욕을 가진 사람은 그 욕심으로 인하여 늘 불만을 가지고 있으니 불행한 사람이라고 해야 할 것이다.

노욕은 '늙어 욕심을 품는 것'으로 정의할 수 있지만 욕심을 마음으로만 품고 있다면 무슨 문제가 될까만 그 욕심을 밖으로 내보이면 주위 사람들까지 피해를 끼치게 되는 노추(老醜)가 되어 버리니 딱한 노릇이다. 이렇게 늙어가는 노인들이 우리 주위에 의외로 많다는 사실이 우리를 슬프게 한다. 논어(論語)에 군자삼계(君子三戒)라는 것이 있다. 젊어서는 색욕(色慾)을 주의하고 중년에는 승부욕을 일컫는 쟁욕(爭慾)을 조심하며 늙어서는 노욕(老欲)을 버리라고 했다.

자기가 속해 있던 집단에서 은퇴한 후에도 계속 그곳을 기웃거리며 미련을 가지고 참견하며 나서는 사람, 끝없이 추구하는 물욕으로 주위 사람들에게 피해를 주는 사람, 과거의 관념에서 벗어나지 못하는 독선가, 젊은이들로부터 대접만 받으려고 하는 사람들이 이런 노욕을 버리지 못하고 있는 사람들이라고 생각된다.

미국의 미래학자 커즈와일(R. Curswyle)에 따르면 앞으로 20년 후인 2040년쯤에는 인간이 100세를 사는 것을 넘어 불사(不死)의 몸을 가질 수 있다고 예언하고 있다. 언뜻 장밋빛 미래를 보는 듯하지만 결코 좋아할 만한 일이 아니라는 것을 우리는 알아야 할 것이다.

그때쯤에는 세상이 온통 노인 천지가 되어 있어서 패기의 젊음, 풍부한 상상력과 같은 젊은이들의 특성이 사라져 있을 것이 뻔하다. 평생 살아온 자신의 기억과 판단력이 거추장스러울 만큼 모든 것을 기계와 로봇이 다 해결해 주며 심지어는 타인의 뇌를 USB처럼 자신의 머리에 꽂아 사용할 수 있다고 하니 과학 발달의 끝이 어디까지인지를 모르게 될 것이다.

이런 세상에서 한 사람의 노인이 노욕으로 생길 수 있는 세상 질서의 파탄을 생각하면 등골이 오싹해진다. 천수를 넘기고 살아가는 노인들의 절제되지 못하고 표출되는 욕심은 그 사회의 악으로 나타날 것이 분명할 것이다. 부와 명예에 대한 끝없는 몰입, 나 자신만을 내세우는 배타적 이기심, 자신이 만들어 놓은 독선적 고집 등은 함께 어울려 살아가는 사회 공동체의 암적 존재가 될 것이다.

노욕 아닌 노욕을 부린 멋진 사람도 있다. 성경 여호수아서에 보면 갈렙이라는 노인이 나온다. 여호수아가 각 지파 민족에게 땅을 배분할 때 당시로써는 고령인 85세였지만 나서서 당당히 자기주장을 펼친다. 자신이 먼저 나섬으로써 아무도 그곳을 가지 않으려고 하는 젊은이들을 배려했던 모습이었다.

나이가 들어 이웃을 배려하면서 자신을 낮춘다는 것은 아무나 할 수 있는 일이 아니며 더구나 후학들이 어려움에 처했을 때 그 몫을 자청하는 일은 더더욱 어려운 일일 것이다. 자신이 나이가 들었음을 알고 노욕을 멀리하는 지혜가 필요한 때가 노년이라는 사실을 기억해야 할 것이다. 그래서 공자가 한 말이 지금 새삼스럽게 다가온다.

'칠십이 되어 하고 싶은 대로 하여도 법도에 어긋나지 않는다.'〈칠십이종심 소욕불유구(七十而從心 所欲不踰秬)〉

12. 노선(老仙)과 노추(老醜)

가끔 오던 문안전화가 어느 날 뚝 끊어지면 노인들에게는 갑자기 세상의 외로움이 사정없이 엄습해 오게 마련이다. 평생을 어떻게 살아왔는가 하는 결과가 나타나기 때문에 노인들에게 가장 중요한 때가 된다. 평소 여유를 가지고 노년을 기다렸던 사람은 큰 어려움 없이 여생을 보내게 되지만 미처 준비하지 못한 사람은 세상이 온통 자신을 버린 것처럼 외로움을 타게 된다.

노인을 이르는 말 중에 '늙은이'라는 순수 우리말이 있다. 그저 세월 따라 나이만 들어 늙어진 사람을 이르는 말이지만 그속에는 비하의 뜻이 들어 있다. 그러나 늙어서도 품위를 지키며 베풀고 살아온 사람은 '어르신'이라는 말로 공경의 뜻을 나타내기도 한다. 이렇게 같은 노인이라도 표현이 다른 것은 그 사람의 살아온 내용이 주위에 어떻게 비추어졌는가 하는 관점에 따라 달라지는 것은 어쩔 수 없는 현상이다.

늙어 가면서 신선처럼 사는 사람도 있다. 사랑도 미움도 놓았고 성냄도 탐욕도 벗어 버린 사람, 그래서 선과 악의 구분이 없어진 사람을 노선(老仙)이라고 한다. 삶에 걸림이 없고 건너야 할 피안도 없으며 올라가야 할 천당도 내려가야 할 지옥도 없으면서 무심히 자연을 따라 바람처럼 학처럼 사는 사람이라고 하여 노학(老鶴)이라고도 한다.

이런 경지에까지는 미치지 못하지만 늙어지면서 동심으로 돌아가 청년처럼 사는 노인들이 있다. 대학이나 평생교육기관에서 한시나 한문, 서예를 익히며 필요한 지식을 인터넷에서 검색

할 능력을 갖추고 있지만 집에서는 손주나 봐주면서 빈 집을 지키는 충실한 생활형 노인을 노동(老童) 또는 노옹(老翁)이라고 한다. 눈치 보이는 자식들에게 얹혀살지 않고 형편이 되면 따로 살 궁리만 했지 실현 가능성이 희박하여 늘 좌절하면서 사는 생계형 노인을 노궁(老窮)이라고 따로 구분하기도 한다.

이런 노인들은 그래도 괜찮은 편에 속한다. 평생 장만한 집 한 칸과 연금으로 궁색한 끼는 면했지만 그래도 그 쥐꼬리만 한 재산을 노리는 자식들은 싫다고 하는 내색을 하지 못하고 형식적으로나마 부모 모시기를 하고 있을 것이기 때문에 세끼 밥과 누울 잠자리 걱정만은 하지 않으니 대단한 특권층이라고 할 수 있다.

이런 특권층의 노인들 중에는 나이에 비하여 육신이 건강하다 보니 좌충우돌하는 그룹이 있다. 평생 자신의 실력이나 자질을 연마하지 않고 운이나 기회만을 엿보며 살아온 노인들이다. 한 끼의 밥이라도 생기는 곳이면 어떤 모임이라도 체면 불고하면서 끼어들기를 좋아하는 노인을 노광(老狂)이라고 하여 특별히 구분해야 할 것 같다.

문제는 저축해 놓은 재산도 없고 갈 곳도 없는 노인들은 정말 형편이 말이 아니다. 수중에 돈이 없으니 며느리에게 아침 한술 얻어먹고는 공원이나 광장의 무료급식소를 찾아야 하고 평생을 함께 하던 배우자마저 잃고 나면 그때는 겨울 삭풍에 날려 가는 가랑잎만큼이나 서러운 지경에 이르게 된다. 몸에 병이라도 얻으면 아무리 과거의 화려한 인생을 산 사람일지라도 노숙자가 되는 것은 시간문제고 못 죽어 생존하고 있는 노인들을 노추(老醜)라고 한다.

이때가 노인들은 죽음 그 후를 생각하며 살아야 할 때가 된 것이다. 때가 된 정도가 아니라 절박하게 자신의 미래를 생각하는 시간이 되어야 하는 것이다. 돌아보면 80년 세월이 너무 짧은 인생이지만 수명이 20년 더 연장된다는 마당에 그 길어진 시간을 어떻게 보내야 하는지를 생각하면 그 답이 이내 나온다. 유한한 인간의 수명만을 생각하지 말고 그 후 죽지 않고 살 수 있는 방법을 절실하게 찾아야 할 때가 노인의 때일 것이다.

13. '원로'와 '퇴물'은 한 끗 차이

평생 자신이 몸담았던 기업이나 단체에서 물러나 있는 노인들에게는 늘 그쪽 방향으로 귀를 쫑긋 세우고 있게 마련이다. 특별한 소일거리도 없는 형편에 그쪽에서 혹시라도 찾아주지 않을까 하는 미련이 여전히 남아 있기 때문이다. 다른 생소한 일을 하기에는 배운 것이 그것밖에 없으니 아무 일이나 할 수 있는 처지도 아니어서 마음은 애초부터 수구초심(首丘初心)이 되어 버렸고 몸은 망부석의 경지에까지 이르게 되다 보니 원로 대접을 하면서 청하기라도 하면 기분은 하늘을 나는 듯한 자기도취에 빠지게 된다.

경륜과 덕망을 갖추어 은퇴 후에도 후학들에게 존경을 받는 대상을 원로라고 한다면 이 범주에 들기란 여간 어려운 일이 아니다. 원로란 본디 '나이나 지위, 덕망이 높은 벼슬아치'를 일컫는 말이었다. 굳이 관직이 아니어도 사회의 지도적 위치에 오르는 게 가능해진 현대에 이르러선 원래 뜻의 계급적, 윤리적 차원이 탈각되고 개념의 외연도 확장됐다고 할 수 있다.

현대에 와서는 원로를 '한 가지 일에 오래 종사해 경험과 공로가 많은 사람'을 이르는 보통명사로 여기에는 '자신의 삶이 올곧아 그에 맞는 덕을 갖춘 사람'이라는 뜻을 내포하고 있다. 그래서 이제는 법조인, 정치인, 교수 등 전통적 엘리트뿐 아니라 상공인, 교사와 같은 통상의 직명 앞에도 원로라는 말이 붙는 게 어색하지 않게 되었다.

원로는 스스로 만들어 내는 자질도 아니고 저절로 얻어지는 자격도 아니다. 남들이 인정해 주어야만 얻을 수 있는 칭호이다 보니 청함을 받을 수 있는 사람은 열에 하나도 안 될 것이다. 문제는 이런 자질을 갖추지 못한 사람이 분에 넘치는 청함을 받았을 때 원로에서 쉬내 나는 퇴물이 되는 것은 한순간의 일이 되고 만다는 것이다.

분별없는 탐욕의 또 다른 귀착지는 노추(老醜)로 이어진다. 자기도야(自己陶冶)에 적극적이지 못한 사람들의 일상적인 욕구는 늙어서도 그 욕망을 갈무리하지 못하는 법이다. 노인이 됨으로써 운명적으로 맞이하는 외로움은 인간에게는 너무 보편적인 것이기에 스스로 자제할 수 있는 능력을 키우지 못한 채로 늙음을 겪는 이율배반적인 결과로 추한 노인이 되어 버리는 것이다.

독일의 철학자 악셀 호네트(A. Honneth)는 '그 누구의 인정도 받지 못하는 사람은 자신의 존재와 삶의 가치를 확신할 수 없다'라고 했다. 아무리 독불장군이라고 해도 미래의 어느 시점에는 자신도 자신의 가치를 인정받을 수 있으리라는 믿음이 없이는 다가오는 고독을 이겨낼 수 없다는 의미이다.

문화 인류학자인 성공회대 김찬호 교수가 제안하는 노년의 삶을 여기 음미해 보는 것도 의미가 있을 것이다. '이 세상에 살고 있지만 반쯤은 저세상에 이미 가서 살고 있는 영혼, 현실의 속물적인 이해관계를 넘어 공정하고 투명하게 사리를 분별할 수 있는 안목, 그리고 영욕의 세월을 되돌아보면서 생애의 고결하고도 황홀한 기쁨을 빚어내는 내공, 그러한 위상에서 노인의 권위가 살아날 수 있는 삶의 정진'이 진정 이 시대에 바라고 있는 노년의 상이라고 할 수 있다고 정의하고 있다.

그러나 이 시대에 이런 노인이 있을까 하는 의문이 앞선다. 아마도 군자의 경지가 아닐까 여겨진다. 다만 누구든지 평소에 노력하고 조심하며 나 혼자가 아닌 절대자와 동행하면서 스스로 갈고 닦는다면 되지 말란 법도 없을 것이다. 지레 겁을 먹거나 낙담하지 않는다면 노선(老仙)은 못 되어도 최소한 외롭다거나 세상이 알아주지 않는다고 몸부림치는 노추(老醜)는 되지 않을 것이다.

14. 노인의 생존비법

행동의 민첩성 46%, 사고의 순발력 38%, 두뇌의 인지능력 48%라는 통계가 있다. 자신이 가장 전성기였던 젊은 시절에 비해 노인이 된 다음 신체와 두뇌의 능력을 비교하여 감퇴된 능력을 수치로 계측화한 것이다. 젊었을 때와 비교하면 모든 면에서 반 정도에도 미치지 못하는 수준이다. 이런 상태로 젊은이들과 경쟁하기에는 여러 면에서 턱없이 모자라는 수치이다.

구태여 젊은이들과 겨루기를 자청하지는 않더라도 노인이라고 따돌림을 당하면 누구라도 한 번쯤 해 보자고 나서는 것이 사람의 심리다. 그렇지만 자신의 능력이 예전 같지 않다는 사실

즉 젊을 때의 반도 안 된다는 사실을 알면 그에 따른 전략을 세울 수도 있을 것이다. 노인들의 머리에는 많은 경험으로 축적된 데이터베이스가 있어 잘만 활용하면 그리 꿀리지 않게 살아갈 수 있다고 하겠다.

나는 일찍부터 해외 생활을 한 탓에 골프를 일찍 배울 기회가 있었다. 한 30년 치면서 싱글도 해 보면서 열을 올려 보기도 했지만 지금은 골프채를 놓은 지가 30여 년도 더 된다. 열정이 식어서도 그렇지만 예전 같지 않은 몸으로 무리를 하지 않겠다는 생각 때문이다. 그러나 어쩔 수 없이 골프를 하게 되는 경우에는 내 속에 쌓아 놓은 그 많은 데이터베이스를 최대한 활용하되 요령으로 대처하면 된다는 배짱이 있다.

요령이라는 것은 연륜에 따라 축적된 데이터베이스에서 나오는 자산인데 이를 잘 활용하면 할수록 나름대로 비법이 나오게 마련이다. 그 비법을 열거하면 다음과 같다. 먼저 끝까지 배움의 기회를 놓지 말아야 한다는 것이다. 배움을 포기하는 순간 노인들은 그때부터 급속히 늙기 시작한다.

자신의 과거를 자랑하지 말라는 말도 있다. 옛날이야기밖에 없는 노인은 그 자체로 처량해진다. 신나게 왕년의 자기를 자랑할 때 주위 사람들의 표정을 보면 대번 알 수 있는 일이다. 그리고 젊은이와 경쟁하지 말라는 것이다. 순발력과 열정 무엇 하나 그들에게 이길 수 있는 것이 없다. 대신 자신이 가지고 있는 수

많은 지혜를 이용하여 그들의 성장을 인정해 주고 그들에게 용기를 주고 그들과 함께 즐기면 그들은 노인들 편에 서게 된다.

또 부탁받지 않은 충고는 굳이 하려고 하지 말라는 것도 있다. 한껏 준비해서 충고해 준다고 하지만 경청해서 들을 사람들이 많지 않은 법이다. 그리고 살면서 아름다움을 발견하도록 노력하고 이를 즐기라는 것이다. 마지막 삶은 한 시간, 한순간이 귀중하다. 어렵고 힘든 일에 집중하기보다 심미적 추구를 게을리하지 말아 자신의 존재 의미를 찾도록 노력할 것을 권하고 있다.

아울러 자신이 늙어 가는 것을 불평하지 말 것을 권하고 있다. 불평을 하면 할수록 자신을 가엽게 볼 것이다. 몇 번은 들어주다가도 언제부터인지는 당신을 피하게 되는 것을 보게 된다. 또 젊은 사람들에게 세상을 다 넘겨주지 말라는 것도 있다. 넘겨주는 그 순간부터 당신은 천덕꾸러기가 되어 뒷방 늙은이로 전락하게 된다. 춥고 배고픈 노년을 보내며 두 딸에게 죽어간 리어왕 꼴이 되어 버린다.

마지막으로는 죽음에 대하여 자주 말하지 말라는 것이다. 죽음보다 더 확실한 것은 없다. 확실히 닥치는 일을 일부러 맞으러 갈 필요가 없기 때문이다. 그래서 영적 생활을 하라고 권하고 싶다. 신앙을 가지는 일은 일생을 통해 자신이 누구인지 어디서 왔는지 그리고 어디로 가는지를 탐구하는 가장 중요한 일이다. 늘 감사하는 일상을 보냄으로써 행복한 노년을 보낼 수

있으며 절대자와 동행하는 삶은 무엇과도 바꿀 수 없는 귀한 삶
이 되기 때문이다.

15. 노년의 낙(樂)

역사 이래로 수많은 발명이 있어 왔지만 인류에게 가장 획기
적인 발명을 들으라고 한다면 푸른곰팡이에서 추출한 '페니실린'
과 마법의 파란 알약 '비아그라'를 들고 싶다. 이 두 약 모두 우
연치 않게 발견된 자연현상을 놓치지 않고 잡아낸 행운이었다.

페니실린은 인간의 질병을 현저히 줄여 건강한 삶을 사는 데
크게 기여했지만 비아그라는 인간관계의 향상으로 수명을 연장
하는 데 괄목할 만한 공헌을 했다. 수명을 연장하는 일에는 무
병장수가 그 첫째 덕목이 되겠지만 그 무병장수를 위하여 가까
운 사람과의 성행위(Sex)는 그 삶을 더욱 풍요롭게 한다는 데
에 대단히 중요한 요인이 되는 것이다.

옛날 우리 할아버지 할머니 시대에는 어른들이 합방하는 날을
택일하여 주면 그날에만 부부가 한 방에서 잘 수 있었는데 이때
가장 중요하게 고려되는 사항이 자손의 생산 가능 여부였다. 상
대에 대한 고려는 전혀 전제되지 않다 보니 지금 같아서는 백

번 이혼감이지만 다행히도 여필종부의 유교사상이 부부관계의 틀을 잘 잡아 주고 있어서 이혼은 생각조차 할 수 없었던 시대였다.

그러나 현대에는 성행위가 소통의 한 방편이 되면서 건강과 삶의 풍요를 동시에 만족할 수 있는 건강의 비결이 되고 있다. 신진대사를 원활하게 하여 입으로 들어온 음식의 칼로리를 효과적으로 소모시키고 체세포의 산소 이용률을 높여 심폐기능을 강화시키며 좋은 콜레스테롤 농도를 높여 혈관을 건강하게 하고 통증과 스트레스를 해소시켜 건강 체질로 만들 수 있도록 하는 것이 성생활의 효과로 들 수 있다.

중년 이후의 성생활에서 중요한 것은 상대를 존중해 줌으로써 정서적으로 친밀감을 높여 소통을 원활하게 하는 것에 있다. 실제로 65세 이상의 노인들 중 약 25% 정도가 월 1.37회 정도 성생활을 하고 있다는 보고가 있다. 비록 많은 수는 아니지만 원만한 성생활을 유지하는 노인들 치고 건강하지 않은 사람이 없을 정도이다.

'구구팔팔 이삼사'라는 말이 있다. 아흔아홉까지 팔팔하게 살다가 이삼일만 앓다가 죽는다는 노인들의 희망 사항을 집약한 우스갯말이지만 이런 경지에까지 가려면 육신의 건강은 말할 것도 없고 정신 건강도 멀쩡하게 유지되어야 가능한 일이다. 육신의 건강과 정신의 건강을 동시에 충족시키는 것에는 아름다운 부부생활만큼 건강비법이 있을 수 없다고 여겨진다.

비뇨기과 전문의들은 '성관계는 젊음의 샘물'이라고 말하고 있다. 그만큼 성관계는 사람들을 젊어 보이게 한다는 의미이다. 실제 나이보다 7-8세 젊어 보이는 사람들은 일반인보다 성관계를 2배 이상하고 있는 것으로 알려져 있다. 50대 남성이 1년에 성관계를 원래보다 3배로 늘렸더니 신체 연령이 2년 가깝게 젊어졌다는 통계가 있다.

정기적인 성관계를 갖는 여성은 그렇지 않은 여성보다 월경 주기가 더 일정해지고 여성호르몬인 에스트로겐 분비도 증가해 골다공증이나 골절을 예방한다고 한다. 남성 역시 전립선도 건강하게 유지된다. 성관계를 꾸준히 하는 것이 건강에 좋다는 사실은 의학적으로 검증된 사실이다.

그러나 아직까지 우리 사회는 성을 드러내 놓고 이야기하지 않는 분위기가 매우 강하다. 부부간의 성생활에 문제가 생겨도 쉬쉬하며 넘어가는 경우가 많다. 그러면서도 막상 성 기능이 예전 같지 않아지면 속으로 끙끙 앓고 있는 것이 노년들의 부부생활이다. 그게 얼마나 고민스러운지는 겪어 본 사람만이 알고 있다. 이제는 노년의 성행위는 음지의 무언가가 아니라는 사실을 인식해야 할 때이다.

16. 비움과 여유

젊을 때의 일을 이야기해 달라고 멍석을 깔아 주면 사람들은 신이 난다. 스포츠, 여행, 사랑, 출세 등 셀 수 없을 정도로 레퍼토리가 다양하고 많아 어디서부터 시작해야 할지 갈피를 잡지 못할 정도다. 그만큼 에너지가 용솟음치고 활력이 넘쳐 나는 시기이기 때문에 어느 것 하나 흥미가 없는 것이 없다. 그러나 늙음을 즐기는 방법에 대해 물으면 얼핏 생각나는 것 없이 말문이 막혀 버리기 일쑤이다. 늙어서는 모든 행동과 사고가 제한된다고 생각하는 탓일 것이다.

흔히 우거진 녹음을 청춘에 비유하는 데 비해 단풍을 노년에 비유하면서 할 일을 마치면서 서서히 퇴장하는 쓸쓸한 이미지로 다가온다. 그러나 그 단풍이 지는 광경을 보면 반드시 그렇지 않다는 것을 실감할 수 있다. 여름 내내 푸름을 자랑하다가 가을에 단풍이 들어 떨어지는 낙엽은 그렇게 호락호락한 마지막을 보내지 않는다.

그 찬란한 자태로 자신을 불태우면서 온 산야를 붉고 노란색으로 채색하다가 땅에 지는 낙엽의 떨어지는 모습은 비록 짧은 순간이지만 그것은 삶의 마지막 절규가 아닌 한바탕 춤의 판타지를 연출한다. 그냥 곧바로 내려앉는 법 없이 한 번 빙그르 돌기도 하고 나긋이 옆모습을 보이기도 하는 그 화려한 자태를 뽐내는 모습은 어느 누구도 흉내를 내지 못하는 신비스러움 그 자체이다.

말년의 인생이 이렇게 단풍이 되어 낙엽으로 떨어지는 것은 한 편의 장엄한 드라마이다. 해질녘의 저녁노을과 함께 뿜어내는 인생의 마지막을 시작하는 쌍두마차의 서곡이다. 그 낙엽은 온몸을 바쳐 다음 세대를 위해 기꺼이 거름이 되는 일을 마다하지 않는 거룩함도 배어 있다.

그 마지막 시간을 말년이라고들 하지만 말년은 가꾸기에 따라 초년도 되고 중년도 되는 때이다. 그 방법은 사람마다 다르고 그 인생마다 특색이 있어 한 마디로 정의하기가 어렵지만 몇 가지 특징적인 모습이 있다.

평생 가지고 있던 것을 내려놓는 '비움'이 그 첫 머리로 들 수 있다. 몸도 가벼워지는데 마음이 가벼워져 있지 않으면 말년에 살아가기가 여간 힘든 일이 아니다.

아기가 처음 태어날 때에는 두 주먹을 불끈 쥐고 태어난다. 이 세상의 모든 것을 가지고 싶다는 욕심이 그때부터 시작하는 것이지만 죽을 때에는 손을 쥐고 죽는 사람은 아무도 없다. 쌀한 톨도 가지고 가지 못하는 형편이라는 것을 체득하는 '비움'이라는 철학을 알기 때문이다.

그래서 옛말에 손으로 잡고 있으면 양손에 한 개씩 밖에 못 가지지만 그 손을 놓으면 온 우주가 자신의 것(執之兩個, 放則宇

宙)이라는 말이 있다.

채워진 그릇을 비워 내면 그 빈자리만큼 여유라는 것이 생긴다. 이 여유는 사람을 풍요롭게도 하고 느긋하게도 한다. 풍요로움에서 지혜가 생기고 느긋함에서 여유가 생긴다. 세상의 눈이 한결 넓어지고 품격이 있어지는 것이다. 언행이 좀 더 무거워지고 고상하게 되면서 점잖은 노인으로 변하는 것이다. 이렇게 '비움'과 '여유'라는 단어는 노년에 반드시 갖추어야 할 아름다움이며 덕목이다.

아름다움의 끝은 당연히 죽음이다. 그러나 그 죽음은 끝이 아니라 또 다른 삶의 시작일 뿐이다. 다만 그 죽음을 미리 생각하고 슬퍼할 이유가 없다. 그것은 아직 황홀한 석양이 있고 찬란한 단풍의 춤이 남아 있기 때문이다. 내 남은 인생의 가장 젊은 날의 축복은 바로 오늘이라는 생각을 가지면 지금의 늙음은 그래서 귀하고도 귀한 시간이 되는 것이다.

17. 비우면 편한 것들

'바가지는 물을 담아야 제 구실을 하고 산에는 나무가 있어야 짐승이 깃들며, 밤에는 달이 밝아야 기러기가 뜬다.'는 속담이 있다. 세상의 모든 일이 완벽해야 된다는 의미로 해석되지만 이 완벽이라는 단어에는 어쩐지 가슴에 답답한 숨을 내 쉬어야 하는 강박함이 느껴지는 것은 어쩔 수 없다.

젊어서는 이런 완벽하게만 일을 추구하다가 스스로 좌절하고 포기한 일이 수도 없이 많았지만 그런 강박감도 긴장감도 무디어 진 것은 사람이 현명해서가 아니라 세월의 지혜를 조금씩 체득하다 보니 그렇게 되었다.

딸 셋에 아들 하나를 두고 있는 나는 이민이라는 특별한 환경에서 자식들을 키워 내야 하는데 각별한 신경이 쓰였다. 환경이 다름은 말할 것도 없고 전통과 문화가 다르니 생활관습도 딴판인 세상에서 제대로 키워 내서 경쟁에서 낙오되지 않도록 해야 한다는 강박감에 세상에서 가장 비효과적인 방법인 '집중관리' 방법을 선택할 수밖에 없었다.

그 효과는 한 세대가 지난 지금 완연하게 나타나고 있다. 아비의 강압통치에 늘 보호막이 되어주던 저희 엄마는 하나님 다음으로 섬기는 '여왕'이 되었고 통제만을 해왔던 제 아비는 '독재자'의 반열에 올려놓는 편향된 모습을 보이면서 나의 노년을 편하지 않게 하고 있다.

돌아보면 참으로 힘든 한 세월이었다. 여섯 식구의 먹거리도 마련해야 하고 밖으로부터 오는 문화충격도 막아야 하며 제대로 가르치기도 해야 하는 삼각파도를 타고 넘기에는 나 혼자의 힘으로는 많이 부쳤다. 그래서 결국 나는 독재자, 폭력자, 비정한 아빠라는 인식이 자식들의 머리에 각인되면서 비극은 시작되었다.

동양의 철학자 老子의 스승 商容이 제자에게 물었다. "혀가 있느냐?" 하니 "네 있습니다." "이는?" "하나도 없습니다."라고 대답하였다. 이윽고 제자 노자는 세월이 지나면서 강한 것은 없어지고 약하고 부드러운 것만 남는다라고 하는 유약겸하(柔弱謙下)라는 의미를 깨우쳤다는 고사가 있다.

내 나이 60에 접어들면서 시작한 그림 그리기는 아직 아마추어의 수준을 넘어서지 못하고 있지만 다양한 색상으로 화폭에 넘쳐 나도록 공간을 채우던 화풍이 이제는 제법 여백을 남기면서 선하나 점 하나 그리는 데도 조심스러워 졌다. 아마도 세월의 지혜가 아닐까 여겨진다.

이렇게 인생이 조금씩 다듬어지고 밑으로 가라앉아질 즈음에 감행한 또 다른 이민인 이사를 하게 되었다. 말이 같은 나라 안에서 거처를 옮기는 이사이지만 이민 올 때보다 더 신경이 쓰이고 더 힘들었던 것은 부정할 수 없다. 자식들이 일을 거들어 주어 그나마 보탬이 되었지만 마음 쓰이는 일은 옛날 이민 올 때보다 더했다.

그래도 옛날보다 가벼워지고 무디어지고 넓어진 마음으로 자식들과 나머지 한세상 살려고 했는데 그 자식세대는 아직 마음의 무게를 내려놓을 만큼 나이가 영글지 않아서인지 하는 일이 매사 모서리가 있고 단단하며 좁아져 있어 때로는 남인 듯 여겨진다.

바가지에 반쯤 물을 채워 쓰면 오래도록 쓸모가 있지만 그 바가지에 한꺼번에 물을 가득 담으려고 하니 온전할 리가 없다. 그래도 한 세상 이 바가지로 여섯 식구의 밥을 지어 먹이던 물건이라 차마 버리지 못하겠다고 움켜쥐고 있지만 자식들은 볼 때마다 버리라고 퇴박을 준다.

늙고 병들어 쇠잔한 몸으로 어찌 그 바가지를 지켜 낼 수 있을까. 놓지 않겠다고 몸부림치는 것보다는 순순히 내어 주는 것이 가벼워져 가고 비워져 가는 것이라고 체득했기에 애써 그 비움의 편안함을 즐기게 된 때가 바로 지금이다.

18. 걱정을 줄이는 법

나이가 많아지면 젊었을 때에 그렇게 중요하지 않게 생각하고 있던 일들이 새벽안개 피어오르듯이 순서 없이 피어 나오기 마련이다. 살아가는 데 그렇게 중요하지도 않고 일어날 수도 없는 작은 일들이 갑자기 가슴을 울릴 정도로 생각이 나는가 하면 까마득히 잊고 있던 옛일들이 두서없이 머리를 들며 가슴에 스며 들어 간담을 흔들 때가 많아지게 된다.

이런 걱정이 많을 때, 드라마나 영화를 보면 잠시나마 그런 걱정을 피할 수가 있다고 한다. '아무 생각 없이' 집중하기 때문이라고 생각하겠지만 이는 오히려 영화나 드라마 속 인물에 감정이입을 하며 자신의 불안에서 한 발짝 물러서기 때문이라고 한다. "저 사람도 힘들구나. 나만 헤매는 건 아니구나."라고 자신의 불안을 주인공에게 투사해 '짓눌린' 감정에서 멀어지기 때문이다.

나는 이유 없이 불안할 때 '나'가 아니라 '그'라는 3인칭 주어를 사용해 일기를 쓰곤 한다. "그는 열심히 주먹을 쥐고 있다. 무엇이 그를 불안하게 했을까?"로 시작하는 글이다. 1인칭 주인공 시점에서 3인칭 관찰자 시점으로의 급격한 전환은 걱정에 휩싸여 흙탕물이 된 상황에서 높이와 넓이를 부여한다.

시간이 지나면 흙탕물은 가라앉는다. 문제는 기다림의 시간을 어떻게 보내느냐에 있다. 그 시간을 잘 견디면 '성공'은 아니더라도 '성장'은 할 수 있다. 의도적인 시점 전환은 걱정을 줄이는 데 매우 효과적이기 때문이다.

데일 카네기의 책 《자기 관리론》은 '존스 홉킨스 의대'를 설립한 윌리엄 오슬러 경의 이야기로 시작된다. 의사 자격시험도 제대로 치를 수 없어 두려워하던 이 평범한 청년의 미래를 바꾼

건 "멀리 희미하게 보이는 것을 보려 하지 말고, 눈앞에 분명히 놓여 있는 것을 행해야 한다."라는 토머스 칼라일의 문장을 새기면서였다.

그는 주기도문이 어제 먹어서 딱딱해진 빵이나, 밀농사를 망쳐 먹지 못할 빵을 걱정하는 게 아니라 "오늘 우리에게 일용할 양식을 주시고"라는 말로 전달된다는 걸 기억하라고 말한다. 우리가 먹을 수 있는 '유일한' 빵이 오늘의 빵이란 의미다.

그래서 '오늘'이라는 개념을 잘 파악하는 사람이라야 현명한 사람이 되는 것이다. 과거의 연장이라는 단순한 개념만을 가지고 있는 사람은 오늘을 보지 못할 뿐만 아니라 오늘의 연장인 내일을 기약하지 못하는 근시안적 사람이 될 수밖에 없다.

한번 지나간 과거의 일은 '추억'이라든지 '상념'이라는 등의 말로 유희를 하지만 결국에는 걱정으로 귀결되고 만다. 아름답다고 하는 말에 천착하면 할수록 걱정은 쌓여만 가고 마니 오늘은 고사하고 내일의 일을 그르치는 첩경이 되고 말 것이다.

걱정과 생각은 다르다. 생각은 인과관계를 따져 내일을 구체적으로 계획하는 것이다. 하지만 '윌 로저스'의 말처럼 걱정은 흔들의자 같아서 계속 움직이지만 아무 데도 가지 못하는 것이다. 할 수 없는 일을 걱정할 게 아니라, 지금 당장 내가 할 수 있는 일을 해야 한다. 아직 내일은 시작되지 않았고, 오늘은 끝난 과거가 아니기 때문이다.

19. 100세 철학자

얼마 전 방송 프로그램에서 당대의 석학인 김형석 교수를 조명하는 내용을 방영한 바 있다. 100세를 살고 계신 철학자를 이런 프로그램에 등장시키는 공영방송이 조금은 세속과 영합하는 듯한 생각에 마뜩찮게 여기면서도 출연을 허락한 노 교수의 마음도 헤아려 보아야 한다는 교차된 마음으로 끝까지 지켜보았다.

김형석 교수라면 대한민국에서 모르는 사람이 없을 정도로 일세를 풍미한 철학자로 알려져 있었지만 금년이 103세라는 데에 사람들은 놀라워하고 있다. 그의 세월이 100년이라는 데에 놀라기보다 이 나이가 될 때까지 자신의 철학적 사고와 학문에 대한 열정이 계속된다는 사실에 더 놀라워하고 있는 것이다.

지금도 3일에 한 번씩 강연을 다닐 만큼 건강을 유지하고 있으며 집필활동을 계속한다는 그는 분명 하나님이 이 나라를 위해 준비해 주신 축복이라고 밖에 설명할 길이 없다. 그의 학문적 성취는 차치하고라도 100년을 살아온 그의 삶의 모양이 어찌나 반듯한지 그를 보는 이들은 다시 한 번 옷매무새를 여미게 한다.

그의 후학들이 양구에 현대 한국 철학계의 쌍벽인 안병욱, 김형석 두 분을 기리기 위한 인문학 박물관을 지어 평생에 사용하던 모든 것을 옮겨 갔기에 지금 살고 있는 신촌 집에는 최소한의 집기만을 남겨 둔 이유이기도 하지만 평소 살아가는 모습이 그렇게 깔끔할 수 없다.

절제된 행동에서 간결한 삶이 보이고 차분한 사고가 학문적 열정으로 나타나는 단아한 모습이 보는 이들로 하여금 자신의 언행을 비추어 볼 수 있는 자극이 되었을 것이다. 작은 일에 흥분하고 중요하지 않은 일에 매몰되며 공연한 일에 허둥대는 보통의 사람들에게는 존경을 넘어 신비롭기까지 하다.

철학자 플라톤이 '성공한 노인'에 대하여 한 말이 생각난다. 먹고, 입고, 사는 데 조금 부족한 사람으로, 칭찬을 받기에는 약간 부족한 용모를 가지고 있으며, 자신이 하고 있는 것 중에 절반 정도밖에 알아주지 않는 명예를 지니고 있고, 자신의 연설을 듣는 청중들 중 절반은 손뼉을 치지 않을 말솜씨를 갖추고 있다면 성공한 노인이라고 여길 만하다고 했다.

노인 중에서도 황금 노인이라고 하는 70대들 중에 이만한 자질을 갖춘 노인이 그리 많지 않다는 사실이 슬플 뿐이다. 먹고 사는 데 조금 부족한 노인이라면 상위 20% 안에 드는 중산층 이상이어야 하는데 한국의 노인 빈곤율이 OECD 국가 중 최고이며 노인 자살률 또한 가장 으뜸이라고 하는 현실은 처음 조건부터 해당이 안 되니 나머지 조건은 보나 마나 한 것이다.

그래서 성공한 노인이 된다는 것이 얼마나 어려운 일인지 새삼 느껴진다. 이런 노인의 조건에는 한참 미치지 못하지만 노년에 살아가는 모습을 기록하려고 애를 쓰고 무엇인가 이웃에게 작으나마 보탬이 되려고 안간힘을 쓰지만 아내에게 번번이 퇴짜를 맞기 일쑤고 자식들에게 인정을 받으려고 늙은 아양을 떨어 보지만 전혀 관심을 주지 않는 자식들 때문에 대다수의 노인들은 애당초 성공한 노인은 고사하고 평균의 노인 축에도 끼지 못하니 남아 있는 시간만 안타까워할 따름이다.

100년 세월, 정말 짧지 않은 시간을 거쳐 나와 지금도 고고하게 주위를 감동시키고 있는 학과 같은 분이 우리와 동시대에 살고 있다는 사실이 새삼 경이롭고 고맙게 다가온다. 스스로를 아직도 배우고 있다고 겸손을 몸에 달고 100년을 사신 노 철학자는 그래서 단연 이 시대의 성공한 노인의 표상이 아닐까 생각해 본다.

20. 노인들의 슬픈 로망

연말이라고 자식들이 준비한 가족모임을 시내 근사한 골프장 클럽에서 가졌다. 마침 손녀 하나가 21세 생일축하도 겸한 모임이었다. 모두들 나를 중심으로 모여 사진도 찍고 연말축하도 하면서 즐거운 시간을 보냈다. 우리 가족이 이민을 와서 한 세대를 살다 보니 이렇게 내가 그 가족의 우두머리가 되어 있었다.

이럴 때마다 나는 이 나이가 될 때까지 한국 땅에 살았더라면 이렇게 대접받지도 못했을 것이며 폼 잡을 일도 아니었을 텐데 고향을 등진 이국땅에 와 있으니 어쩔 수 없이 한 가족의 우두머리가 되었지 않나 싶다.

70대 초반까지만 해도 연말이면 여러 장의 카드를 준비해서 주변 친지들에게 보내면서 푸짐한 선물도 주고받았던 기억이 있다. 그래서 받은 카드가 어느 해에는 100여 장이 넘은 적이 있어 이를 거실에 쭉 걸어 놓고 폼을 잡은 적도 있지만 그 70대가 다 가고 80대에 이른 이번 연말에는 손녀딸이 준 "Happy Grandparents Day" 카드 달랑 한 장뿐이다.

어느새 걸음걸이가 기우뚱해지고 한 10여 분만 걸어도 숨이 차는 현상이 잦아지면서 늙음을 자각하는 때가 된 것이다. '걸어야 산다.'라는 말을 신념으로 삼고 걸은 지가 이미 10여 년이 되어 간다. 그래서 그런지 내 주위에서 명을 다했다는 사람들의 이름이 심심찮게 들리는 때이지만 그나마 겉이 멀쩡하게 보이는 것은 참으로 다행한 일이다.

겉이 멀쩡해 보인다는 것은 그 속은 이미 돌이킬 수 없는 고장이 나서 언제 어떻게 될지 모르는 아슬아슬한 상태가 이어지고 있다는 뜻이다. 20년 이상이 된 당뇨가 말썽을 부리기 시작했고 시력이 예전 같지 않아 전문의에게 보였더니 급성 녹내장 가능성이 있어 실명의 위기에까지 와 있다고 했다.

작년 집사람의 입원생활과 나의 폐렴으로 인한 병원생활로 얻은 수면장애는 이 노년에 나를 더욱 힘들게 하고 있다. 수면의 질은 수명을 단축한다고 하여 잠을 조금 더 자려고 애를 쓰고 있다.

육신의 노화는 어쩔 수 없는 과정이라고 받아들이려고 노력하고 있지만 이에 따른 정신적 노화는 어찌할 수 없는 불가항력적 현상인 듯하다. 그렇게 전화번호나 이름을 잘 외우던 총기는 흔적도 없이 사라지고 가깝게 지내던 지인의 전화번호와 이름은 이제 내 정신세계에서 유물이 된지 오래다.

특히 인터넷 세상에서 편리하게 활용되는 각종 첨단 정보의 활용으로 그 유별나던 총기가 무용지물이 되고 말았고 알고 있던 정보도 깡그리 잊혔으니 이제는 이 세상에서 아무 효용가치가 없는 헌 껍질만 남은 육신이 된지 오래다.

노인의 가치는 그 인생경험이 풍부하다는 점 때문에 대접을 받던 시대는 이미 지나 지금의 노인의 인생지혜는 발에 차이는 몽당 빗자루만 못하게 되었다. 노인들에게서 얻을 수 있는 지혜와 정보는 인터넷으로부터 언제 어디서든 수시로 편리하게 검색해 얻을 수 있는 세상이다 보니 노인의 존재는 이미 거적때기

천 조각으로 전락하고 말았다.

미국의 시인이자 가수인 로드 매쿠엔은 〈계절마다 특별한 것〉
이란 제목의 노래에서 젊은이를 행운(fortune)으로, 노인을
잊히는(forgotten) 존재로 묘사했다. 젊은이에게 '행운'을 남
겨 주고 '잊히는 존재'가 이 시대 노인들의 슬픈 로망이다.

21. 노년의 일상

노년의 일상이라는 것은 유별날 것도 없지만 무료하게 시간만
을 보내는 것이라고 볼 수도 없다. 몸이 노쇠해지면서 행동이
느려지고 쉽게 힘들어지는 노화현상 때문에 매사 의욕은 잦아
들지만 더욱 또렷해지는 옛 기억들과 죽음 앞에 해야 할 일들이
두서없이 교차하는 만감 때문에 조바심이 어른거리는 때가 노
년이다.

대략 75세 이상을 명실 공히 노인이라고 하는데 70대에는 매
년 늙으며 80대는 매달 늙는다고 하며 90대에 이르면 매일 늙
는다는 말이 있다. 이런 노년이 되면 젊었을 때와 달리 남자와
여자의 역할이 뒤바뀌기도 하고 어느 한 곳에 마음이 매몰되면
이것이 집념이 되어 전후좌우를 가름하지 못하는 꼰대 할배가

되는 우를 범하기도 한다.

붓글씨 쓰기, 사진 찍기, 목공예 등 늘그막에 익힌 취미생활이라도 있으면 전문가에 훨씬 미치지 못하는 수준임에도 자기도취에 빠져 자신의 작품이 예술성을 가지고 있다고 확신하면서 작품의 가치를 높이려는 치졸한 '우기기'가 일상이 된다.

무엇보다도 이런 노년에 가장 신경을 쓰는 일은 건강이다. 몇 번 앰뷸런스를 타 본 경험이 있는 나로서는 병원에 입원해 보았더니 평소 건강이 얼마나 중요한지를 절감하게 되었다. 그래서 사람들은 건강에 좋다는 물건은 값의 고하를 막론하고 구하려고 하고 건강에 좋다는 운동은 자신의 건강 상태를 무시하면서까지 무리를 하려고 한다.

동창회니 취미 그룹의 모임 날짜는 달력에 크게 적어 놓고 그날을 기다리며 확인하는 일이 아침을 시작하는 첫 일이다. 노인 처지에 어디서 불러 주는 일도 흔치 않고 만나자는 사람들도 현저히 줄어든 상황에서 특별한 일거리가 생겨나지 않는 것이 일상이다 보니 어쩌다가 자식들이 밥 한 끼 사 준다고 연락이라도 오면 그때부터 발걸음이 빨라지기 시작한다.

그래도 주체할 수 없는 것이 시간이다. 달력을 꺼내 놓고 내 생일과 자식들 생일, 손주 녀석들 학교 입학, 졸업 등 생각나는 특별한 날을 생각해 내고는 그날이 오기를 손꼽아 기다리는 버릇도 생겨난다. 그러나 그 일은 늘 혼자만의 잔치가 되고 만다.

그런 기념일을 자식들은 바쁜 생활 탓에 그리 크게 신경을 쓸 수 없기 때문이다.

70대까지 친교를 나누던 지인들이 함께 나이를 먹어 모두 몸에 한두 가지 기저질환을 가지고 있다 보니 외부 출입이 줄어들고 사람에 따라 지병이 악화되어 나들이를 할 형편이 되지 못하는 지경에 이르면 서로 간의 교류는 뜸해지게 마련이고 그렇게 주위 사람들 한둘씩 나를 떠나게 된다. 마음이야 다시 만나 회포를 풀어 보고 싶지만 육신의 불편함은 이 모든 것을 불가능하게 만들 수밖에 없다.

남아도는 시간을 주체하지 못하는 노인들은 바삐 살고 있는 젊은이들을 이해할 수가 없다. 할 일이 쓰나미같이 밀려오는 젊은이들의 일상을 시간이 지천인 노인들이 이해하기가 쉽지 않은 것은 자신들이 그 길을 걸어왔음에도 망각의 바다를 건너다 보니 자신도 모르게 지난날의 행적을 잊어버린 결과이다.

이렇게 한 세대가 지나가면 그다음 세대가 똑같은 길을 따라오는 것이 역사의 과정이다. 그 세대 간의 이음새에 작은 개선이 있다면 문명의 발전이 이루어지지만 그 개선이 없으면 문명의 ·발전은 더디게 마련이라는 점이 개인의 흥망성쇠에 영향을 주고 있는 것이다.

22. 스마트폰 시대의 노인들

내 어릴 적에 조부께서 라디오를 처음 보신 후 하신 말씀이 생각난다. "어째 그 작은 통 속에 사람이 들어가서 말을 하노?" 나 역시 전파라는 개념이 없어서 조부님의 이 물음에 제대로 답을 드리지 못했던 기억이 있다.

얼마 전 또래 친구로부터 비슷한 질문을 받았다. 기차와 버스가 한 치의 오차도 없이 그 많은 운행시간을 잘 조절할 수 있는가 하는 질문에 컴퓨터가 다 조절하기 때문에 가능하다는 설명에 영 납득이 가지 않는다는 표정을 보인 적이 있다. 같은 노인이라도 이렇게 인식의 차이가 있는 것이다.

사람과 사람 간의 의사소통의 한 방편인 통신은 인편으로부터 시작되었다고 한다. 이로부터 언어와 문자가 생겨나고 이에 따른 문화가 발달하면서 인류는 삶의 차원을 한 단계씩 높여 왔다.

최근에 이 통신 분야에 컴퓨터 기술이 덧붙여지면서 정신을 차리지 못할 만큼 빠르게 진화하고 있고 최근에는 Chat-GPT라는 해괴망측(?)한 물건이 글 쓰는 사람들의 기를 꺾고 있다.

내가 직장 생활을 시작하던 1960년대에는 유선 전화기라는 것이 있었다. 전화기를 들고 손잡이를 돌려 교환양(전화교환수라고도 함)을 불러 통화하려고 하는 번호를 알려 주면 수동으로 연결해 주는 통신방법이었다. 회선이 제한이 되어 있어 통상 부서장한테만 주어지는 이런 수동 전화기는 권위의 상징처럼 군림하는 귀물로 대접을 받았다.

이러던 것이 다이얼 방식 전화기를 거쳐 휴대폰 전화기에 이르더니 지금은 스마트폰이라는 괴물이 등장하여 우리와 같은 인터넷 문맹에게는 요물같이 느껴지는 신비의 영물이 되어 그나마 남아 있는 늙은이의 기를 꺾고 있다.

전화를 걸려고 하면 번호부나 메모지에 적어 놓은 번호를 찾기에 급급한 우리에게 몇 번의 손가락 조작으로 얼굴까지 보면서 통화가 되는 그 요물 같은 스마트폰에 초장부터 기가 질리게 마련이다.

이뿐만 아니라 알고자 하는 지식이며 위치, 세상의 모든 정보를 즉석에서 알려 주는 그 신출귀몰하는 이 물건을 자유자재로 조작하는 젊은이들은 노인들에게는 우상이 된 지 이미 오래다.

노인들의 용도폐기는 이에 그치지 않는다. 옛날에는 노인 한 사람이 죽으면 도서관 하나가 없어지는 것과 같다고 하여 노인을 존중하던 때가 엊그제인데 이제는 그 노인의 지혜를 고스란히 스마트폰이 차지해 버렸으니 도움은 고사하고 저희들 앞길을 가로막는 거추장스러운 보따리 뭉치가 된 세상에 노인이 살고 있다.

어물어물하다가 없어져야 할 노인이 된 우리에게는 하루가 다르게 변화하는 세상에서 그나마 남아 있는 자존심마저 빼앗긴 낙오자가 되어 버렸다. 이제는 모든 것을 젊은이들에게 빌붙어 호의를 베풀어 주기를 기대할 수밖에 없는 처량한 신세가 되어 버린 것이다.

이렇게 이상하게 되어 가는 세상에서도 꿋꿋이 품위를 지키려고 무진 애를 쓰던 노인들의 노력은 번번이 실패로 돌아가게 마련이다. 그래서 대화가 끊어진지 이미 오래고 외톨이가 된 노인들은 어쩔 수 없이 눈치로만 살아야 하는 지식의 빈민층으로 전락하고 말았다.

빠르게 변해 가는 세상이 오히려 이상하게 보일 수밖에 없는 노인들은 그 이상한 세상에서 살아남기 위해 온갖 몸짓을 다 해 보지만 젊은이들에게는 깜조차 안 되는 존재가 되어 버렸다. 살아가는 현실이 3차원의 생시인지 4차원의 가상현실인지 모르고 이리저리 헤매고 있는 부초 같은 하루하루를 힘겹게 살고 있다.

23. 노인들의 생존투쟁

전화기가 작동이 잘 안 되어 수리점에 들렸다. 수리점 주인은 전화기를 한 번 만져 보더니 고장이 아니라 바꿀 때가 되었다고 하며 새것을 사라고 했다. 아직 멀쩡한 전화기를 왜 큰돈 들여가며 바꾸어야 하느냐고 따지듯 물었더니 요즘 전화기는 2년 정도 쓰면 그 기능이 다해 새것으로 교환하게 출시된다고 친절하게 설명해 주었다.

그동안 나는 전화기를 두어 번 바꾸었다. 그때마다 내가 알아서 기종을 선택하고 그 사양을 다 알고 바꾼 것은 아니다. 매번 아들의 손을 거쳤다. 아들은 아직 사용할 수 있으니 몇 년 더 써도 된다며 공연히 헛돈을 들인다는 투로 투덜거리면서 다른 기종으로 바꾸어 주었다.

말이 새것이지 써 보니 그 기능도 단순하고 처음에는 속도가 빠르더니 이내 느려지는 전화기에 짜증이 나서 내가 직접 바꾸어야 되겠다고 작정하고 나섰지만 어떤 기능이 좋은 것인지 용어조차 제대로 이해하고 있지 못한 노인이다 보니 철벽같은 인터넷의 그 거대한 벽을 뛰어넘을 지식도 없을 뿐만 아니라 능력조차 없으니 결국 또 아들을 부르는 수밖에 없게 되는 것이다.

자식들은 부모 세대가 급변하고 있는 현실에 굳이 따라나설 필요가 없다고 여기는 듯하다. 그저 자식들이 알려 주는 최소한 생존에 필요한 일만 알면서 살아가기를 원하는 듯하다. 어려서부터 컴퓨터와 함께 살아온 젊은이들은 인터넷이 이미 생활의 한 부분이 되어 있어서 함께 살아가고 있지만 컴퓨터라는 요물을 인생의 중간쯤에서 처음 접한 노인들은 아무리 공부를 해도 젊은이들을 따라잡기는 애당초 틀린 일이 되었다.

노인들은 컴퓨터라는 괴물 때문에 여간 곤혹스럽지가 않다. 간단한 글쓰기나 동영상과 뉴스 같은 것만 볼 때나 이용하다 보니 그 내장 능력의 백에 하나도 못 쓰고 있는 형편이고 조금만 이상한 메시지나 오류가 생겨도 이내 사용을 포기해 버리고 마는 단순 이용자로 전락한지 오래다. 사실 어떤 키 하나만 작동시키면 해결될 수 있는 극히 기초적인 일도 알지 못하는 노인들은 이 컴퓨터 때문에 날이 갈수록 외톨이가 되는 셈이다.

얼핏얼핏 얻어듣는 뉴스라는 것이 세상을 뒤집어 놓을 정도로 엄청난 일이지만 이런 사실을 미처 이해하기도 전에 또 다른 사건이 밀려오는 상황에서 노인들은 망연자실할 수밖에 없게 되어 버린다.

젊었을 적에 꿈을 꾸었던 일들이 어느 날 갑자기 눈앞에 펼쳐지기도 하고 꿈속에서나 보았을 만한 일들이 현실이 되는 세상에 살고 있으니 살고 있어도 산다고 할 수 없는 것이 노인들의 현실이다.

그래서 내가 선택한 일이 내 주변에 있는 젊은이 하나를 포섭해 두는 일이다. 수시로 생기는 인터넷 불편 때문에 일일이 멀리 살고 있는 아들을 부르는 것보다 같은 아파트 위층에 살고 있는 젊은 부부에게 도움을 받는 것이 훨씬 경제적일 것 같아 그 젊은이를 유혹하려고 한다. 아직 연결이 안 되고 있지만 미구에 알게 되면 커피도 사 주고 선물도 주면서 알아 두면 여러 가지로 편할 것 같아 이 일을 계속할 작정이다.

이렇게 높디높은 인터넷 장벽에 둘러싸여 하루하루 외롭게 살고 있는 노인들이 점점 늘어나고 있다. 외부 환경의 변화에 미처 대응하지 못하고 자신의 건강이나 사소한 집안일만 챙기다 보면 어느덧 훌쩍 앞서 가버린 현실에 허둥대며 손을 흔들어 보지만 버스는 먼지만 뒤로하고 멀리 떠나 버린 후의 일일뿐이다.

24. 왜 '꼰대'인가?

최근 한국 사회에 '꼰대'라는 이상한 신조어가 만들어져 널리 쓰이고 있는 듯하다. 영국의 BBC방송에까지 'KKONDAE'로 인용될 정도로 영향력이 큰 용어가 되었다. 정확한 어원은 모르지만 사전을 보면 영남 사투리 '꼰대기'와 프랑스어 '콩테'(comte)에서 유래했다는 주장이 그럴듯하다.

영어로 풀어쓰면 "자기의 주장이 늘 옳다고 믿고 있는 늙은이(An old person who believes they are always right)"이다. 직장 상사나 선생 또는 노인을 가리키는 청소년 또는 학생들의 은어라는 것이다. 거기에는 '어른에게 배운다.'는 개념은 없고 약간 무시와 조롱의 의미가 담겨 있다.

한국 사람들은, 특히 정치 유관 분야에서는 한국에서 일어나고 있는 많은 정치 · 사회 · 문화적 현상을 '꼰대와 MZ(밀레니엄세대와 디지털세대)'의 대립이라는 관점에서 보고 그 괴리에서 파생하는 불협화음만 들여다보는 경향이 있다. 물론 어느 나라나 세대 간 괴리는 있다. 또 여러 문제가 세대 간 갈등에서 파생하기도 한다.

어느 MZ세대는 신문 기고에서 "MZ세대에게 산업화와 민주화 담론은 유통기한이 다했다."라고 했다. 이제 시대적으로 외환 위기, 경제 위기처럼 먹고사는 문제가 젊은 세대의 관심거리라고 주장하면서 '이런 문제는 나 몰라라 하면서 애들 흉내나 내는 어른'을 꾸짖고(?) 있다.

어느 나라보다 한국만큼 가르고 구분 짓는데 능한 국민은 없는 듯하다. 남북으로 갈린 것도 모자라 동서(東西)로 갈리고, 지역으로 갈리고, 세대로 갈리고, 남녀로 갈리고, 학력으로 갈리고, 빈부로 갈린다. 여기에 다시 꼰대와 MZ로 갈린다. 더 큰 문제는 정치권력이 앞장서서 내 편, 네 편으로 가르고 또 그것을 극대화해서 권력 장악에 이용해 먹는 데 있다. 신문을 보면 온통 친(親) 자와 반(反) 자 돌림뿐이다.

여론조사에서도 우리는 지역별 · 성별은 당연하고 연령별로 세분해서 20대에서 70대까지 나눈다. 이곳 호주에서는 사안의 성격이 연령, 성별 관련이 있는 경우에만 구분해서 조사하지만 그것도 발표하지는 않고 있다. 그렇게 갈가리 쪼개기 때문에 우리 여론조사에서는 안보·국방 관련 사안이 상위에 오른 적이 없다.

세계 어디서나 세대 차이는 있고 견해 차이도 있기 마련이지만 어느 세대를 한 경향성으로 단정하고 획일적으로 몰아가는 것은 바람직하지 않다. 세대마다 그 시대, 그 환경에 따른 관심 정도가 다르다. 전쟁을 겪은 세대는 구국과 살아남기가 절실했고, 배고픈 시대에는 먹을 것과 일자리가 중요했으며, 탄압의 시대를 산 세대는 민주화가 지상 과제일 수밖에 없었다.

'꼰대'는 어차피 물러가게 돼 있다. 다음 세대가 세상을 이끌어가는 것이 삶의 이치고 세상의 법칙이다. 다만 우리가 겪었던 시대의 문제가 무엇이었고 그것을 어떻게 극복했는가를 관찰해 달라는 것뿐이다. 서로에게서 배워야 한다. 어느 하나가 다른 하나를 '유통기한'이라는 미명 아래 폐기 처분하는 식의 세대적 단절은 국가적으로도 이롭지 않다.

'꼰대'들이 해야 할 일은 우리 세대 때 또는 그 이전부터 저질러진 안보 불안, 국가 정체성 불안, 전교조 불안, 민노총 불안, 연금 불안 등을 제자리에 돌려놓는 것이기도 하다. 이 문제들의 유통기한은 아직 진행형이고 '꼰대'들이야말로 이것들을 해결해 다음 MZ세대에게 청정 한국을 물려줄 의무가 있다.

25. 바뀐 역할

사람이 늙으면 남녀 사이에서 서로의 역할이 바뀌는 경우가 종종 있다. 이것은 부부가 서로의 능력과 관심사가 변화함에 따라 자연스럽게 발생하는 현상이다. 젊을 때는 대체로 남편이 소득을 주도하기 때문에 가정의 주도권을 쥐고 가정을 이끌지만 나이가 들어가면서 이런 현상은 역전되기 십상이다.

부부의 건강이 역전현상의 주된 원인이 되겠지만 소득의 역전도 상당한 원인이 된다고 한다. 남편의 소득이 없어지면 제일 먼저 발 벗고 나서는 사람이 아내다. 시집올 때 그 수줍고 예쁘기만 하던 신부는 자식들이 굶는 모습을 죽어도 볼 수 없는 절박한 상황이 되면 물이고 불이고를 가리지 않는 것이 어미의 본능이기 때문이다.

"내가 어쩌다 부엌데기가 되었는지."라고 하는 어느 또래의 지인은 지금 자신이 무엇을 하고 있는지 모르겠다며 자신의 처지를 한탄하는 모습을 보고 어쩌면 나하고 똑같을까 하는 생각에 흠칫 놀랐다. 나와 같은 사람이 또 있다는 사실을 알았기 때문이다.

나는 거의 매일 아침 준비는 내 소관이라고 여기고 있다. 집사람이 수면장애로 늦잠을 자는 탓도 있지만 시간에 맞추어 밥을 먹어야 한다는 원칙을 가지고 있다 보니 그 시간을 맞추기 위해서는 누군가가 아침을 준비해야 하기 때문에 결국 내가 나서서 한두 번 하다 보니 아예 그 패턴이 굳어져 버린 것이다.

그렇게 하나둘 집사람 일을 거들다 보니 이제는 우리 부부의 역할이 완전히 바뀌어 버린 상태가 되었다. 매끼의 식사 준비는 아직 집사람의 고유 영역이지만 밥상을 차리는 일에서부터 청소, 설거지, 빨래 널기와 다림질 등 모든 영역에서 나의 손길이 미치지 않는 곳이 없다.

오늘 아침에도 그랬다. 베란다에 있는 화초에 물 주기와 베란다 물청소를 하고 있는 집사람에게 내가 하겠다고 나서니 아예 밥을 하라고 명령을 한다. 그 명령을 거역하면 어떤 불이익이 돌아올 것인지는 익히 알고 있는 나는 아무 소리 못 하고 부엌에 들어서고 말았다.

많은 문화에서 역할에 대한 전통적인 기대와 역할 분담이 존재하기 때문에 그 역할을 바꾸는 경우는 그다지 일반적이지 않다. 그러나 몇몇 문화에서는 역할을 바꾸거나 허용하는 경우가 더러 있다.

예를 들어, 일부 스칸디나비아 및 유럽 국가에서는 아내가 출산을 할 경우 남편이 육아 휴직을 갖는 것이 일반적이다. 이러한 국가에서는 남편이 아내의 출산 후 일정 기간 동안 아이들을 돌보고, 아내가 다시 일을 복귀하는 것을 도와주는 것을 일반적인 현상이라고 생각하고 있다.

또한 일부 문화에서는 성 역할을 엄격하게 분리하지 않는 경우도 있다. 일본의 일부 가정에서는 남성이 가사 일을 맡기도 한다. 이러한 경우는 전통적인 역할 분담을 따르지 않는 경우이기 때문에 특별한 경우라고 할 수 있다. 그러나 이러한 사례는 여전히 매우 드물며 대부분의 문화에서는 전통적인 역할 분담이 유지되는 것이 일반적이다.

이렇듯 바뀐 세상에서도 살맛이 나는 것이 세상이다. 따스한 사람들 틈에 있으면서도 소외감을 느낄 때가 있고 재미있는 영화를 보고 신나게 웃다가도 슬며시 스며드는 허탈감이 있을 수 있고 자아도취에 빠져 무아지경을 헤매면서도 자신의 부족함을 느낄 때가 있게 마련이다. 늘 한결같기를 바라면서도 때때로 찾아오는 변화에 혼란스러울 때가 있다는 것은 인생이 그렇게 단순하지 않다는 것을 보여 주고 있는 것이다.

역할의 역전, 이 또한 사람이 살아가는 모습이다. 평생을 살면서 적당한 변화를 보이며 살아가는 것이 사람들이 늙으며 살아가는 모습이라고 할 수 있기에 노년에 오는 이런 역할의 역전 현상은 자연스러운 변화라고 받아들이는 것이 노인들에게는 살아가기가 편하다.

26. 종심(從心)에서 산수(傘壽)로

한 해가 저물어 가면 사람들은 모두 한껏 들뜨게 마련이다. 직장마다 휴가가 몰려 있는데다가 크리스마스라고 하는 축제도 겹쳐 이런 기회를 이용하려고 하는 상술 또한 극성을 부리는 때가 이때이기도 하다. 그러나 이런 시류는 젊을 때의 일이지 70을 넘어 80에 이른 노인들에게는 공연한 번거로움만이 어른거리는 때가 연말연시이다.

70대 전만 해도 주위 사람들과 교류가 남아 있어 선물을 주고받거나 카드를 받고 보내는 일이 흔한 일이었지만 70세를 넘기면서 한 해가 다르게 이런 왕래가 줄어드는 것이 상례이다. 그 70대를 지내고 있는 노인들에게 특별히 조심해야 할 일은 옛적 일을 생각하고 소외되는 자신을 아쉬워하며 안달을 하는 일이다. 이런 생활의 변화가 현격하게 밀려오는 때가 70세부터가 아닐까 생각된다.

그래서 70세를 종심(從心)이라고 하여 마음에 따라 유유자적해야 하는 나이로 치부하는데 이때부터는 인생의 마무리를 하는 중요한 시기로 보는 것이다. 100세를 사신 김형석 교수에 따르면 인생을 한 번 더 살 수 있다면 젊은 피가 끓었던 20, 30대도 아니고 세상을 호령할 수 있는 40, 50대도 아닌 70대 초반쯤으로 되돌아가면 좋겠다는 이야기를 들은 적이 있다.

예로부터 나이에 따른 이름을 따로 붙여 그 의미를 생각하는 문화가 우리에게 있다. 태어나 돌이 지난 아기를 해제(孩提)라고 부르는 것에서부터 지학(志學 15), 약관(弱冠 20), 이립(而立 30), 불혹(不惑 40)과 지천명(知天命 50) 그리고 이순(耳順 60), 환갑(還甲 61), 종심(從心 70)에 그치지 않고 희수(喜壽 77), 산수(傘壽 80), 미수(米壽 88), 졸수(卒壽 90)에 이어 망백(望百 91), 백수(白壽 99), 상수(上壽 100), 황수(皇壽 101) 그리고 천수(天壽 120)에까지 그 이름이 현란할 정도로 많다.

인생의 쓰고 단맛을 다 거치고 마지막을 준비하는 시기로 보는 70세부터 80세까지를 모질(耄耋) 세대라고도 한다. 이는 70세를 모수(耄壽)라 하고 80세를 질수(耋壽)라고 하는데 이 10년 동안은 인생의 마지막을 정리할 수 있는 인지능력을 어느 정도 유지할 수 있기 때문에 사리판단이 비교적 바르고 연륜의 효과를 나타낼 수 있는 나이라는 의미에서 붙여진 이름이다.

이 나이가 되면 관계를 맺고 있던 세상의 끈을 놓고 자신의 삶을 찬찬히 돌아볼 수 있는 여유가 생기는 때이기도 하다. 그 파란만장했던 옛일을 회고하면서 잘한 일보다 후회하는 일들이 연이어 생각나는 때이고 미워했던 사람들에게도 미안한 마음이 들어 먼저 찾아가 용서를 빌고 싶은 때이기도 하다.

그러나 이 나이가 되면 먼저 생각나는 일은 내 피붙이들에 대한 연민이 켜켜이 묻어나는 때이다. 그렇게 최선을 다해 키워 놓은 자식들이 슬하를 떠나 살고 있다 보니 보고 싶어도 쉽게 볼 수 없고 가고 싶어도 선뜻 나서지 못하는 안타까움이 뒤섞여 있고 한편으로는 자신의 수고로움을 외면하는 듯해서 섭섭한 마음도 감출 수 없는 나이인 것이다.

이 모질(耄耋) 세대는 이런 이유로 노인들에게는 참으로 중요한 시기이고 이 시기를 잘 견뎌 내야 그 노후가 정말 멋있는 노후라고 할 수 있다. 자칫 소외된 자신을 억지로 내세우려고 윤기 없는 눈에 핏발을 세우며 젊은이들을 이기려고 한다든가 예전과 같지 않게 대하는 젊은이에게 적의를 품으며 닦달을 하는 추태를 부리는 노인은 노추(老醜)나 노광(老狂)의 명예를 덮어쓰기 십상이다.

70대 노인, 처음에는 아직도 쓸 만하다고 자부하는 체력으로 무얼 하려고 하다 보면 역부족을 느껴 금세 좌절하고 무슨 목표를 세워 하려고 하면 준비된 것이 없어 허둥대다가 내일모레가 80 산수(傘壽)라는 사실을 눈치 채면서 다리에 조금 남았던 힘마저 속절없이 빠져나가는 세대가 70대인 것을 종심(從心)에 이른 노인들은 좀 더 실감 나게 느끼며 살아가야 할 것이다.

제2부

병과 동행하는 노후

1. 수명이야기

누구나 자신은 몇 살까지 살 수 있을까 하는 질문을 해 보지만 나이가 70세를 넘기는 사람이라면 이 질문이 눈앞에서 어른거릴 정도로 실감이 난다. 평균수명이라는 것이 있어서 대체적인 감을 잡고 있지만 이는 어디까지나 평균치이지 개인에 따라 그 차이가 많은 것을 감안한다면 누구나 자신의 수명에 대하여 단언할 수 있는 사람은 이 세상에 아무도 없다.

오래 산 사람으로 우리나라에서는 서울 성수동에 사셨던 김진화 할머니가 127세를 살았다는 기록이 있지만 이는 공식 기록에 의한 것이고 비공식으로 알려진 최장수인은 1790년에 태어나 182세를 살았다고 하는 김대성 씨로 개운당조사로 더 잘 알려져 있다. 그러나 청나라 때인 1677년에 태어나 20세기 초까지 257세를 살았다고 하는 이청운(李淸雲)이라는 중국 사람에 비하면 명함도 못 내밀 정도다.

그런데 성경에는 이 정도가 아니라 거의 천 년을 살았다는 사람들이 있으니 현대 인간의 머리로는 감히 상상도 못할 일이다. 성경의 내용을 신화나 전설로 여기는 사람들은 그저 웃어넘겨 버리겠지만 인류의 문명에 지대한 영향을 준 성경의 기록이라는 점에서 그냥 지나칠 일이 아니다.

현대인이 아무리 오래 살아야 겨우 100세 정도이고 과학자들이 열심히 연구해 본 바로도 120살까지는 살 수 있다는 보고를 하는 것으로 보면 아담과 그 후손들이 900살 이상을 살았다는 기록을 믿을 사람은 아무도 없다. 특히나 현재 한국인의 평균수명 약 80세에 비하면 말도 붙여 보지 못하는 나이이다.

그러니까 930세까지 살았던 아담을 필두로 하여 셋 912세, 에노스 905세로 내려오다가 8세손인 무드셀라는 최장수인 969세까지 살았고 10세손인 노아가 950세를 살았다는 기록이 그것이다. 그중에 365세로 요절(?)한 7세손인 에녹만을 제외하면 평균 912세를 살았다는 계산이 된다. 누구든지 이 기록을 '설마 사람이 그럴 수가…'라고 하면서 믿지 않으려고 하는 것은 당연하다고 할 것이다.

그런데 그 성경을 계속 읽어 내려가다 보면 사람들의 이러한 호기심은 노아의 홍수 사건을 해석하면서 조금씩 이해가 된다. 그것은 노아의 때(약 4350년 전) 이전에는 지구를 둘러싸고 있는 어떤 층이 있었을 것이라는 가정이 가능해지면서 그 층을 이루고 있던 물이 쏟아져 내림으로써 없어져 버린 이후와 그 이전 사이에는 상당한 환경의 차이가 있었을 것이라는 것이 그 생각이다.

우주로부터 오는 각종 유해광선, 예를 들면 자외선과 우주선, 고주파 방사선 등 유해한 광선들이 무수히 쏟아져 내려오지만 지구를 둘러싸고 있는 물 층이 이를 차단하고 여과하면서 지구 상에 있었던 생물체에게 쾌적한 생존환경을 만들었을 것이라고 생각할 수 있다. 성경의 기록으로 보아도 절대자가 처음에 에덴 동산을 조성하실 때 그 자연환경은 인간이 생존하는 데 최적의 환경을 만들어 주셨을 것이라는 것은 상식이다.

이런 환경에서는 평균기온이 섭씨 25도의 쾌적한 기후에 4계절의 변화가 없기 때문에 산림이 무성하여 산소의 공급이 원활했을 것이고 중력 또한 인간이 생체를 유지할 수 있는 최적의 조건을 제공한다면 지금보다 훨씬 오래 살 수도 있을 것이라는 추론이 기능하다고 할 것이다. 특히 인간의 노화를 촉진하는 요소 중에는 태양광선 중의 자외선이 큰 역할을 한다고 한다면 이런 추측은 더욱 신빙성이 있게 된다.

그래서 아담의 10대 손인 노아까지는 거의 천 년을 살았지만 홍수가 나서 하늘의 물 층이 없어진 이후 인간의 수명은 급격히 감소하기 시작하여 아브라함이 175세에 이르더니 요셉이 110세, 다윗 왕은 70을 살다가 죽었다는 기록은 부정할 수 없는 사실로 인정할 수밖에 없을 것이다.

2. 노년의 병치레 - 1

이민이라는 격변을 겪은 사람은 평범하게 살아온 다른 한국의 가장에 비해서는 조금 별난 체험을 했을 것으로 생각된다. 급격한 환경의 변화를 제때 따라잡지 못해 허둥거리는 때가 더 많이 있었을 것이고 기존의 의식세계를 뛰어넘는 체험을 해서 육신이 더 피곤해졌을 수 있을 것이며 혼란한 문화충격으로 갈피를 못 잡고 헤매는 일들이 더 많았을 것이라고 여겨진다.

40대 중반에 이민을 감행한 나는 40여 년간 익숙해져 있는 문화와 의식세계가 한순간의 변화에 적응할 수 없는 것은 당연한 일이지만 젊음이 이를 뛰어넘을 수 있다는 자신감으로 견디다 보니 결국 망가지는 것은 육신일 수밖에 없었다. 이민자라면 누구나 다 겪게 되는 체험들이지만 당시로는 견딜 수 없는 좌절감으로 세상을 떠나고 싶을 정도의 절망감을 체험하기도 했다.

그럴 때마다 내 어깨에는 여섯 식구의 목줄이 매여 있다는 생각에 쉽게 행동으로 이어지지 못하고 그 어려움을 견디어 낸 것은 천운이었다. 다만 그 힘든 터널 속을 헤집고 나오다가 온 몸이 긁히고 벗겨진 상처들은 그 흔적들이 아직도 남아 지금까지 훈장처럼 몸에 자국으로 남아 있다.

어느 날, 앞니가 한 개 힘없이 빠지더니 몇 달 만에 윗니 아랫니 합쳐 예닐곱 개가 순서 없이 주저앉아 버리니 손쓸 시간도 없이 영락없는 합죽이 할배가 되고 말았다. 시간에 쫓기어 시도 때도 없이 밥을 해결하다 보니 언제부터인가 어지럼증이 와서 병원에 가니 당뇨병이 시작되었다고 했다. 당뇨병과 동행하는 고혈압은 자동으로 따라붙었고 어느 날 암 선고까지 받고 보니 몸은 이미 만신창이가 되어 있었다.

천행으로 치료를 열심히 해서 80에 이른 나이에도 생명을 건사하는 데에는 큰 이상은 없다고 하지만 병의 재발이나 고장이 덧날까 노심초사하는 일이 예전보다 더 심해졌다. 암은 수술로 막고 치아는 틀니로 대처하고 당뇨병, 고혈압은 운동으로 이겨내고 있지만 한시도 게으름을 피울 수 없는 것이 노인이 된 지금의 상황이다.

그렇다고 90을 넘어 100세까지 살 요량으로 욕심을 내지도 않지만 그래도 앞으로 한 10년은 족히 살아 보고 싶다는 욕심은 떠나지 않고 있으니 욕심치고는 대단한 욕심이라고 할 수 있다.

따지고 보면 장수시대라고 하는 요즈음 80대에 세상을 뜨면 좀 아쉽다는 생각이 들고 적어도 90수는 해야 천수를 다하고 죽었다는 소리를 듣는 처지에 내는 욕심이랄 수 있다.

이런 노인들의 생활은 결국 잔병치레를 잘하기 위해 부지런히 병원 문을 드나들 수밖에 없는 때라고 할 수 있다. 건강하다고 큰소리치는 노인들이 더러 있으나 사람의 명을 누가 단정할 수 있어서 그러는지 그 경박함이 염려스러울 뿐이다.

여기에 정신세계의 풍요를 위해 취미생활을 더하면 그 노년은 더욱 찬란해진다. 평생 하지 못했지만 하고 싶었던 일들을 찾아 서투르지만 노력해 보는 것은 노년을 더욱 가치 있는 삶으로 마무리하는 일이라 금상첨화라고 할 수 있다.

아침에 일어나면 오늘 하루도 무사히 살아갈 수 있도록 기도하는 일과 의사가 먹으라는 약을 부지런히 챙겨 먹는 일 그리고 시간 맞추어 운동하는 일들이 노년의 잔병을 막아 내는 최고의 무기라는 사실을 잊지 않고 사는 일이 노인의 잔병치레라고 할 수 있다.

3. 노년의 병치레 – 2

시드니로 이사 온 지 1년여 만에 앰뷸런스를 두 번 탔다. 집사람의 4개월 투병 때 몸을 혹사한 탓에 발병한 폐렴으로 천국문 앞에까지 갔다 온 것이 지난해 5월이었는데 어제 새벽에 어지럼증으로 병원에 실려 간 것이 두 번째였다. 새벽에 화장실에 가려고 일어서는데 천장이 빙글빙글 돌면서 도저히 서 있을 수 없는 상황에 갑자기 혈압이 오르고 혈당치가 예상외로 상승하였던 것이다.

GP에게 알아보니 바로 앰뷸런스를 부르라는 것이었다. 내심 심장질환이 아닌가 하여 급히 병원으로 가서 피검사, 뇨검사와 머리 CT 촬영까지 마치고 나서야 달팽이관 이상으로 나타나는 노인들의 흔한 현상이라고 해서 간단한 응급처치 후에 퇴원했다.

이 나이에 늘 건강할 것이라는 생각은 착각이라는 것을 다시 한 번 확인했다. 집사람보다 내가 더 건강할 것이라고 늘 생각해 왔고 그래야 집사람에게 돌발 상황이 오더라도 대처할 수 있다는 강박관념이 있어 와서 그랬겠지만 내가 졸지에 이렇게 탈이 나서 병원에 갈 줄은 미처 생각을 못 해오고 있던 터였다.

80에 이른 나이에 늘 예전과 같은 운동량과 힘을 가지고 있을 것이라는 착각은 금물이다. 조금이라도 이상이 생기면 바로 병원에 가서 큰 병으로 이어질 수 있는 작은 병을 미연에 막고 미리 대처하는 것이 노인들의 할 일이다. 그것은 나 자신의 문제이기도 하지만 자식들에게 수고를 끼치는 일이기에 늘 조심하고 사려 깊게 우리 육신의 건강을 돌보아야 한다는 사실이다.

어제만 해도 딸이 나의 상태를 먼저 파악한 후 GP에게 문의하여 발 빠른 대처를 할 수 있었고 병원에서의 세부적인 설명과 치료 과정을 듣고 나에게 설명해 주는 일 그리고 가고 오고 하는 교통편 편의 등 이루 말할 수 없는 수고를 해 주었으니 우리가 무슨 탈이 나면 그 수고와 민폐는 고스란히 자식들 몫이 되는 것이 큰 걱정이다.

　겨우 하루 만의 입원이었지만 그 하루를 딸자식은 바쁜 중에
도 고스란히 우리를 위해 쓴 하루였으니 우리의 몸 관리가 더욱
세심할 필요가 있겠다고 여기게 되었다. 딸뿐만 아니라 그 딸을
위해 따라붙어야 하는 사위 역시 같은 희생자가 된 것이니 더욱
미안할 뿐이다.

　그렇게 다시 일상으로 돌아왔지만 이번 일로 우리의 이만한
건강이 언제까지 견딜 수 있을까 하고 심각하게 생각해 보았다.
집사람은 하루 여남은 개 이상의 약을 조석으로 먹고 있으며 이
약을 소홀히 먹거나 건너뛰기라도 하면 이내 지병이 재발할 수
있다는 의사의 말이 큰 바위처럼 우리 부부의 머리를 짓누르고
있다.

　나 역시 기저질환을 다스리기 위한 약을 하루 대여섯 개 이상
복용하고 있으니 우리 부부 중 누가 더 위태롭고 더 먼저 탈이
날 것인지에 대한 두려움은 늘 있어 왔다. 결국 우리 부부는 누
구랄 것이 없이 늘 상대를 예사롭지 않은 눈으로 서로를 감시하
며 살아가고 있는 형편이다.

　달팽이관 이상이라 하루 만의 입원인 이번 사건을 미루어 보
더라도 장기의 부조화로 오는 큰 병은 으레 이번과 같은 사소한
탈에서부터 시작한다고 하니 아침에 눈을 뜨면 먼저 상대의 수
면상태부터 살피고 온몸을 훑어본 후에야 하루를 시작하는 살

얼음 위를 걷는 위태로움으로 살아가고 있는 형편이 노년의 병치레다.

4. 노년의 지병 – 화병

옛날 노인들의 죽음에 이르는 병명 중에는 화병이 주류를 이루고 있었다고 볼 수 있다. 당시에는 의료시설이 지금처럼 보편화되지 못해서 제대로 된 진단을 받아 보지 못했기 때문에 화병으로 돌아가셨다고 얼버무린 결과가 아닐까 싶다. 노인의 정확한 사인을 모르다 보니 생전에 보이던 모습에서 늘 화가 난 모습을 연상해서 그런 병명을 일방적으로 예단한 결과일지도 모른다.

사람이 살다 보면 희로애락(喜怒哀樂)의 긴 여울을 지나오게 마련이다. 어느 통계에 의하면 일생을 통해 기쁘고 즐거운 시간은 화나고 슬픈 시간의 5퍼센트에도 미치지 못한다고 한다. 그러니까 사람은 늘 화가 나 있고 슬픈 일들만 겪고 살아가는 존재인 듯하다. 다만 노하고 슬픈 내색을 감추며 살다 보니 기쁨과 슬픔이 엇비슷한 듯 보이는 것이다.

화내고 슬프다는 감정은 인간 본연의 감성 표출이지만 서로 상통하는 일면이 있다. 심하게 슬픈 일을 당하면 화가 나고 심하게 화가 나면 내면으로 슬픔이 북받쳐 오는 경우가 으레 있기 때문이다.

화병이라는 말은 중국 명나라 의사 장개빈(張介賓)이 처음 사용했으며, 조선 시대에 우리나라로 전해졌다고 한다. 이 병은 누른 감정을 발산하지 않고 억제한 상태에서 일어나는 신경성적 불(울화:鬱火)로 인하여 생기는 증상이다. 이 감정은 '노'(怒:노여움), '희'(喜:기쁨), '사'(思:생각), '우'(憂:근심), '비'(悲:슬픔), '공'(恐:두려움), '경'(驚:놀람)의 일곱 감정(七情)이 있어, '억누른 화'만이 그 원인은 아니라고 한다.

화병이 생기는 과정은 스트레스를 받으면 분노가 되고 이 분노를 조절하지 못했을 때 화병이 되는 것이다. 따라서 화병은 어느 순간 갑자기 생기는 병이 아니라 6개월 이상 지속되는 가슴의 답답함이나, 전신의 열감, 목이나 명치에 뭉쳐진 덩어리를 느끼거나 치밀어 오르는 현상이나 억울하고 분한 감정을 자주 느끼면서도 깊이 눌려 있는 분노의 감정을 모두 포함한다고 할 수 있다.

특히 노년이 되면 이 화병이 옷치장처럼 따라붙게 마련인데 이는 정신적으로나 육체적으로 쇠약해짐에 따라 젊은 시절처럼 자기 의욕대로 일이 이루어지지 않음으로 해서 오는 불만들이 쌓이다 보면 이것이 빌미가 되어 매사 좌절과 절망으로 귀착되면서 화병이라는 형태로 나타나게 된다고 한다.

오랫동안 사귀던 친구가 어느 날 갑자기 변심하듯 대하면 그간 잘해 준 자신이 너무 억울해지기 시작하며 최선을 다해 키워놓은 자식들이 섭섭하게 대하면 배신감이 엉켜 억울한 마음이 생기고 수십 년간 떨어져 살던 형제자매가 물질에 따른 이해관계가 생기면 이 역시 억울한 마음으로 화를 참지 못하는 등 노년에 화병이 생길 수 있는 여건은 수도 없이 많다.

이외에 유산의 분배과정에서 이런 억울함이 특히 더 잘 나타난다. 돌아가신 부모가 자식들에게 물려줄 유산에 대하여 생전에 분명하고도 확실하게 해 두었다면 별문제가 없겠으나 그렇지 못할 경우 자식들 간의 분쟁은 피할 수 없게 되는 것이다. 대부분 한국 고유의 관행에 따라 장자가 그 권한을 행사하지만 그 장자의 결정에 이의를 제기하게 될 경우 심각한 집안분쟁으로 이어질 수밖에 없다.

성공한 노년이라 함은 자식들에게 존경받고 형제들에게 존중받으며 친구들에게 인정받는 삶이라고 한다. 이 중 어느 하나라도 이루지 못한다고 한다면 성공한 노년이라고 할 수 없을 것이다. 나 이외의 가까운 사람들에게서 사람대접을 받지 못함으로써 오는 좌절감은 모두 화병의 근원이 된다. 그래서 노년에 자신의 마음을 다스리는 일이 화병을 피하는 유일한 길임과 동시에 성공한 노년의 삶이라고 할 수 있다.

5. 치매(癡呆)
- 노인들이 가장 두려워하는 병

얼마 전 한국에서 초로의 남성이 오랫동안 치매를 앓고 있던 자신의 부모를 살해하고 스스로 목숨을 끊었다는 기사를 본 적이 있다. 그의 유서에는 아들에게 "너의 할아버지, 할머니는 내가 모시고 간다."라고 쓰여 있다고 했다. 존속살해라는 죄는 용서받지 못할 범죄로 여겨 가중처벌하고 있는 것이 지금의 형편이지만 '오죽하면 그랬을까'하는 연민의 정이 앞서는 것은 치매가 얼마나 무서운 병인가를 새삼 느끼게 해 주고 있기 때문일 것이다.

치매(癡呆, dementia)라는 말은 라틴어에서 유래된 말로 "정신이 없어지는 현상"이라는 의미라고 한다. 성장기에는 정상적인 지적능력을 유지하던 사람이 후천적인 원인으로 인해 뇌기능이 손상되면서 기억력, 언어 능력, 판단력, 사고력 등의 지적기능이 전반적이고 지속적으로 저하되어 일상생활에 상당한 지장이 초래되는 상태가 되면서 인격이 무너지는 병을 치매라고 한다.

이렇다 보니 멀쩡한 사람이 자신도 모르게 조금씩 변해 가다가 결국은 치매노인으로 낙인찍히면 주위에서 소외되고 외톨이가 된다는 사실을 알기 때문에 노인들은 치매라는 병을 가장 두려워하게 된다. 그러나 나이를 먹을수록 정신이 깜박깜박하는 현상인 건망증은 치매와 다르다고 의사들은 말하고 있다.

치매에는 뒷 뇌(후두엽)의 혈관이 막히거나(뇌경색) 터져(뇌출혈) 해당 부분의 뇌가 괴사상태가 되어 생기는 혈관치매와 앞 뇌(전두엽)에 아미로이드(Amyloid)라고 하는 단백질이 쌓여 뇌세포가 제 역할을 못해 생기는 퇴행성 치매(알츠하이머병)로 구분하고 있다. 초기에는 최근 일을 잘 잊는 것으로 시작하지만 진행이 될수록 말도 제대로 못하고 위생관념도 없어지고 밥을 먹을 줄도 모르게 된다.

치매의 유형으로는 퇴행성 치매가 약 50-60%를 차지하고 그 다음으로는 혈관성 치매가 20-30%를 차지하며, 나머지 10-20%는 기타 원인에 의한 치매라고 한다. 기타 원인으로는 우울증, 약물, 알코올 및 화학물질 중독, 대사성 원인으로 인한 전해질 장애, 갑상선질환, 비타민 결핍증, 뇌 기능 장애를 초래하는 감염성 뇌질환, 두부외상 및 다발성 경색증 등이 있다.

치매 환자 가족들이 제일 슬퍼하는 부분 중 하나는 환자 자신이 병에 걸린 사실도 인식하지 못하고 가족들도 점점 알아보지 못하게 된다는 점이다. 처음에는 걸음걸이가 달라진다든지 자주 하던 샤워를 하지 않는다든지 하는 이상행동을 하기도 하며 기억장애를 일으켜 '거시기'만을 연발하면서 본인도 안타까워하는 단계에 이르게 된다.

심할 경우 입에 담지 못할 욕설과 모욕을 하며 의처증이나 의

부종 증세를 보이며 대소변을 가리지 못하게 되고 이 단계에 이르게 되면 눈앞에 자식들도 못 알아보는 부모님을 보는 자식들 심정은 말 그대로 억장이 무너진다. 결국에는 아무것도 하지 못하며 그냥 멀거니 누워 있다가 죽음을 맞이하게 된다.

　이렇게 치매는 그 가족들에게 말할 수 없는 고통이 따르는 병이기 때문에 그 진행을 늦추는 일이 중요한 일이 된다. 근본적으로 완치가 되지 않는 병이므로 조기에 발견해서 진행을 막을 수 있는 병임을 인식할 필요가 있다. 여기에는 약물치료나 운동, 음악 감상, 원예나 예술 활동 등 비약물치료 등이 있어 이를 잘만 활용하면 큰 어려움 없이 천수를 누릴 수 있다고 한다.

　노인들에게는 한번 걸리면 약이나 수술로도 치료가 불가능할 뿐만 아니라 평생 쌓아 온 인격이 하루아침에 물거품이 되면서 자신은 물론 주위 사람들에게 큰 피해를 준다는 병으로 알려진 치매를 노인들은 노후에 가장 두려운 병으로 여기고 있는 이유이다.

6. 치매에 쉽게 무너지는 사람

　노년에 걸리는 병중에서 가장 무섭고 치사하고 힘든 병은 당연히 치매를 들 수 있다. 그중에서도 알츠하이머병으로 알려진 치매는 노망, 망령으로도 표현하고 있다. 이 병에 걸리면 인생 말년은 그야말로 잡치는 것이다. 짐승보다도 못하게 생명을 유지하다가 비참하게 막을 내리기 때문이다.

많은 사람이 치매를 막연하게 '늙으면 생기는 병', '정신 질환' 정도로만 생각한다. 치매에 걸린 환자나 그 가족은 미처 질병에 대응할 준비나 노력 없이 그저 받아들이고 포기하는 데 익숙해져 있기 때문이다. 치매는 뇌의 기질적 원인에 의해 신체의 기능이 떨어지는 병이며 처음부터 정신이나 마음에 생기는 질환이 아니기 때문에 관리를 얼마나 잘하느냐에 따라 생존 기간과 삶의 질은 확연히 달라진다.

분당 서울대병원 김태희 교수는 "머리를 많이 쓰는 사람은 뇌 예비 용량이 늘어나 뇌세포 간의 네트워크가 활발하게 이뤄진다"라며 "뇌세포 일부가 죽어도 다른 뇌세포에서 죽은 뇌세포의 역할을 대신해 치매로 이어지는 뇌 기능 저하를 막을 수 있다"라고 말하고 있다. 김 교수는 또 "부모 중에 치매 환자가 있는 경우 치매의 위험성이 2~4배 높다고 볼 수 있다"라고 언급하고 있다.

만병의 근원으로 꼽히는 비만도 치매의 위험성을 높이는 것으로 알려져 있다. 스웨덴 노인신경과협회는 비만인 중년층은 정상 체중인 사람에 비해 치매에 걸릴 위험성이 6배 이상 높다는 연구 결과를 발표했다. 김 교수는 "비만을 비롯해 고지혈증, 고혈압, 당뇨 등의 질병은 뇌의 혈류 순환을 막아 뇌 손상을 가져올 수 있다"라며 "이 때문에 이 같은 질병을 앓는 환자들은 정상인들보다 치매에 걸릴 위험성이 1.5배 정도 높다는 연구 결과가 있다"라고 언급하고 있다.

생활 습관과 성격도 치매의 위험성을 높이는 요인으로 꼽히고 있다. 만성적인 우울증을 겪는 사람들은 그렇지 않은 이들에 비해 치매의 위험도가 2배 높다는 연구 결과가 있다. 김 교수는 "우울증 치료를 제때 받지 않아 우울증의 재발 빈도가 높아질 경우 치매의 위험성도 비례해서 올라간다."라며 "성격이 내성적인 사람들이 스트레스 관리를 잘하지 못해 치매에 걸릴 위험성이 높다는 보고도 있다"라고 말했다.

이 밖에도 전문가들은 하루 평균 3잔 이상의 술을 마시는 음주 습관을 갖고 있거나 뇌진탕 등으로 10분 이상 정신을 잃은 적이 있는 사람들도 뇌 손상으로 인해 치매에 걸릴 위험성이 높은 것으로 보고 있다. 김 교수는 "연구 결과를 놓고 거꾸로 생각해 보면 결국 몸과 머리를 많이 쓰고, 긍정적으로 생각하는 사람들은 치매의 위험성이 낮다는 것을 알 수 있다"라고 말했다.

치매의 진행은 단계에 따라 몇 가지 현상이 나타난다. 최근의 일부터 기억하지 못하기 시작하는 인지기능장애 단계를 시작으로 하여 사소한 것도 혼자 결정하지 못하는 사고력 장애 단계를 거쳐 우울증과 환각, 환청을 경험하는 행동장애 후에는 결국 신체기능이 떨어져 사망에 이른다고 알려져 있다.

이 병을 극복하기 위한 현대의학은 상당한 수준으로까지 발전되고 있으나 근본적인 치료에는 미치지 못하고 있는 상황이다. 다만 최근 각광을 받고 있는 성체줄기세포를 이용하여 뇌에 침착되어 있는 아밀로이드 단백질을 제거하면서 뇌사상태에 있는 뇌의 세포를 재생시키는 꿈과 같은 치료법을 지향하고 있지만 현 단계로서는 향후 5년이나 10년 후에나 현실화가 가능한 치료법이라고 알려져 있다.

7. 암이란 무엇인가

세상에는 자신이 원해서 생기는 병은 없다. 그렇다고 무슨 잘못을 해서 벌을 받아 병이 생겨나지도 않는다. 일부러 넘어져서 무릎을 깨려고 해도 자해를 하려고 하지 않는 한 안 되는 것이 병이다. 이런 병이 자신에게 발견되면 우선 그 병의 의학적 원인을 찾아 치료하는 것이 옳은 일이지 남에게 약점을 잡히거나 책잡힐 일이 아닌데 우리는 흔히 병에 걸리면 무슨 잘못이라도 저지른 듯이 숨을 죽이는 습성이 있다.

주위 사람들은 암은 한 번 걸리면 죽는 병이라는 선입견 때문인지 그런 암이 자신에게 오지 않았다는 데에 대하여 먼저 안심하면서 자기가 알고 있는 모든 의학적 지식을 총동원하여 조언 아닌 조언을 쏟아 내곤 한다.

희귀한 버섯 이름에서부터 산에서 나는 약초며 동물의 내장에 이르기까지 현란할 정도로 전해 주는 치료 약재는 한 번도 들어 보지 못한 것이 태반인 경우가 많다. 어느 의학 보고서에 따르면 암 환자에 대한 병원 치료비보다 이런 의학 외 약재로 치료하는 소위 대체의학 비용이 서너 배는 더 소요된다는 통계를 보아도 알 만한 일이다.

하나의 세포가 암으로 성장하려면 보통 10년에서 15년 정도 걸린다고 한다. 그동안 이 못된 세포는 주로 상피조직과 같은 몸 안에 살아가기 좋은 곳을 선택한 후 쥐 죽은 듯이 조용히 몸집을 불려 나간다. 통증이나 증상이 없다 보니 몸 주인이 못된 세포의 존재 자체를 인식하지 못할뿐더러 안다고 해도 아예 무시해 버리기 일쑤이다.

초기에는 정기검진에서도 잘 나타나지 않기 때문에 몸에 아무런 이상이 없다는 의사의 말만 믿다가 뒤늦게 돌이킬 수 없는 흉측한 모습으로 나타난 암에 땅을 치는 경우가 허다하다. 그래서 그전까지 몸에 아무런 이상이 없다고 해서 안심하고 살았던 사람들에게 중장년 이후에 암이 발견되는 예가 많은 것이다.

우리 몸에는 약 60조 개의 세포가 있으며 각 세포는 역할과 위치에 따라 며칠만 살다가 죽는 세포도 있지만 몇 달 동안 그 수명을 이어 가는 세포도 있다. 죽어 가는 세포는 그 속의 DNA가 그 자식세포, 손자세포에게 면면히 이어지면서 몸의 기능을 정상적으로 유지시키고 있다.

그러나 어찌 된 셈인지 어느 특정한 세포는 죽지 않고 뻗대면서 성장을 계속하여 몸의 기능을 마비시키는 세포가 있는데 이것이 암세포이다. 다시 말해 DNA가 복제할 때 오류가 발생하여 변이가 생기고 그 변이가 축적되어 비정상세포로 되어 간다고 설명할 수 있다.

보통 암은 치료 후 5년이 경과하도록 재발이 되지 않으면 대체로 완치되었다고 하는데 지난 10년간 아무런 이상이 없어 완치된 줄 알았던 그 암이 갑자기 나타나 재발이 된 나의 경우를 보더라도 암이라는 병은 결코 완치가 될 수 있는 병이라고 하는 것은 아직 무리인 듯하다.

20세기에 들어서면서 인류는 암이라는 새로운 병으로 인하여 의학 분야의 성장을 주도했다고 할 정도로 연구를 집중하고 있는 분야가 되어 버렸다. 특히 1990년 WHO가 주도한 "암의 근치를 지향한다."라는 운동이 활발히 이루어져 많은 괄목할 만한 진전이 있었음을 부인할 수 없지만 그간의 노력에 비하여 성과는 그리 만족스럽지 못한 게 현실이다.

사실 암이라는 병이 20세기에 들어와 새롭게 생겨난 병이 아니고 그전에는 원인을 알 수 없는 노환이거나 불치의 병으로 인식되어 오던 것이 사람들의 생명에 관한 관심이 높아짐에 따라 자연스럽게 음지에 있던 병이 양지로 나왔을 뿐이다.

8. 암, 치료할 필요 없다?

죽음의 3중주라는 말이 있다. 암과 고혈압 그리고 당뇨를 일컫는 말이지만 최근에는 간질환과 대사증후군을 합해 5중주라고도 한다. 필자는 이 3중주가 일찍이 찾아와 10년 이상을 옆에 끼고 살아가고 있다.

젊을 때부터 몸이 재발라서 몸을 놀리는 운동은 무슨 운동이든지 좋아했던 터였으니 몸이 비만하지도 않았고 몸 움직이는 일에 게으르지도 않았던 필자가 이 죽음의 3중주가 한꺼번에 찾아오리라고는 꿈에도 생각해 보지 못했다.

처음 암(전립선암)이란 진단을 받았을 때만 해도 수술만 하면 깨끗하게 나을 수 있다는 의사의 말만 믿고 수술을 받았었는데 딱 10년이 되던 해 재발이 되어 결국 방사선 치료까지 받은 후 또 2년간 특별한 주사를 맞았다.

암은 수술을 했다고 해서 완치되는 병도 아니며 언제든지 재발할 수 있는 병이라는 것을 내 몸의 증상으로 알게 되었다. 최근 일본 게이오대학의 곤도 마코토(近藤 誠)라는 의사는 암은 치료해서 될 병이 아니라고 하는 이색적인 선언을 한 바 있다.

'암은 그냥 놓아두는 게 가장 좋은 치료법이다'라고 하면서 암을 미리 알아내려고 하는 건강검진조차도 백해무익이라는 주장을 해서 일본 의학계의 이단자로 매도되고 있는 형편이다.

그의 저서 〈의사에게 살해당하지 않는 47가지 요령〉을 통해 암은 진짜 암과 가짜 암의 두 가지 종류가 있다고 구분하고 있다. 진짜 암은 완치가 불가능하며 가짜 암은 진짜 암으로 발전하지 않는다는 사실에 근거하여 그런 책을 썼다고 했다.

20년간 150명의 암 환자를 관찰해 본 결과 수술하지 않고 방치한 환자는 오히려 고통 없이 3년에서 9년까지 생존한 반면 수술을 받은 환자는 수개월 내에 모두 사망했다는 임상자료를 내놓고 있다.

수술은 생살을 째고 원래 장기의 위치를 흔들어 몸의 균형을 흐트린다는 점에서 예상하지 못한 후유증과 합병증을 일으키며 이를 치료하기 위하여 투여하는 항생제는 맹독성이라 결코 치료에 도움이 안 된다는 것이다.

따라서 수술이나 항암제를 사용하는 대신 방사선치료 정도 하는 것이 좋으며 정 고통이 있을 때는 모르핀을 사용하는 것이 환자에게는 훨씬 좋다는 것이다. 수술을 하지 않으면 암은 그리 고통스럽지 않은 질병이라고 단정하고 있다.

예를 들어 췌장암의 경우 담도 내 담관을 확장해 주면 될 것을 공연히 수술을 해서 장기를 손상시켜 환자를 미리 사망시키는 결과가 되며 유방암은 검사(마모그래피)상 발견되는 암은 대부분 가짜 암이라 그대로 두어도 된다는 것이다.

사실 수술이라는 의료 행위는 대단히 위험도가 높은 작업이다. 집도하는 의사는 말할 것도 없고 환자 역시 죽음을 각오하고 내 몸을 의사에게 맡기는 것이기에 수술 직전은 초긴장상태가 되는 것이다.

수술을 마친 후의 진행과정은 수술 과정 못지않게 신경을 써야 하는 일이므로 수술을 하지 않고 병이 나으면 그 이상 좋을 수가 없지만 현실적으로는 곤도 의사의 지론에 찬성만 할 수 없는 것이 현실이다.

필자는 의사가 간단한 수술이라고 하는 바람에 정말 간단한 수술인줄 알고 침대에 누웠으나 일어나 보니 4시간 이상의 긴 수술이었음을 알고는 깜짝 놀랐다. 수술 10년 만에 재발한 암을 치료하는 데 또 얼마만 한 의료행위가 더해질지 지금으로써는 알 수 없으나 엎질러진 물이니 지금부터라도 정신을 차려야 할 것 같다.

그래서 완화치료라는 단어에 자꾸 눈길이 간다. 억지로 위에

파이프를 연결해서 음식을 넣어 주는 대신 잔잔한 음악이 흐르는 방에서 따뜻한 한 잔의 차를 앞에 두고 창밖의 풍경을 보는 시간을 자주 갖는 것이 훨씬 더 좋은 치료법이라는 생각이 드는 이유이다.

9. 수술하지 않고 암을 이기는 법

나이가 들면서 찾아오는 병중에 으뜸으로 꼽히는 병이 암(癌)이다. 이 암이라는 불청객은 그 사람의 삶을 송두리째 바꿔 놓는 예가 허다하다. 어느 병이든지 심하면 생명을 앗아 가지 않는 병이 없지만 유독 암에 대해서는 예민하게 반응하는 것을 본다. 처음 암이라는 병이 자신에게 찾아왔다는 사실을 알게 되면 그때부터 허둥대기 시작한다.

그래서 가장 먼저 생각하는 일은 '왜 나에게(Why Me)'라는 강한 의문을 표시하게 된다. 하고많은 사람들 중에 왜 하필 나에게 이런 병이 온 것인지를 인정하고 싶지 않다는 거부감 때문에 첫 단계인 부정과 분노의 단계가 시작된다. 처음 얼마 동안은 인터넷이나 전문서적을 통해 박사학위 정도나 되는 수준의 관련 지식을 두루 섭렵하게 된다.

암에 대하여 현대의학은 3대 핵심치료술인 수술, 방사선치료, 약물치료를 들고 있다. 이 치료술 이외의 방법으로는 암을 치료할 방법이 없다고 단정하고 있는 듯하다. 과연 이러한 방법 이외로는 치료가 불가능한 것인지 생각해 보아야 할 것이다.

우리의 몸은 60조 개나 되는 세포로 구성되어 있다. 이 숫자는 어지간한 병으로 육신의 생을 마감하기에는 너무 엄청난 숫자이다. 다시 말해 인간은 어떠한 세상의 병으로도 100년 미만의 생을 마감할 수 있도록 설계되어 있지 않다는 사실을 눈여겨 보아야 할 것이다.

그래서 눈길을 끄는 분야가 자연치유법이다. 지금까지 자신의 생활에 대한 통렬한 반성부터 시작하는 이 자연치유법을 통해 많은 사람들이 암을 이기고 천수를 누리는 경우가 우리 주위에 많다는 사실을 알아야 한다. 통렬한 반성은 정신적인 개혁으로부터 시작하여 육신의 반성을 통해 심신의 자유로운 상태로 돌아가는 것이라고 할 수 있다.

그러나 이런 자연치유법이 단지 생명의 연장에만 치중한 나머지 당초의 목적을 달성하지도 못하고 한을 머금고 생을 마감하는 예도 허다하게 많다. 영리만 추구하는 사이비 잡도사의 꾐에 빠져 병원치료 한번 해 보지 못하고 생을 마감하는가 하면 각종 의료시술을 통해 걸레처럼 찢긴 육신으로 죽음을 눈앞에 두고 있는 사람들도 있다.

인간의 육신을 단지 세포의 집합체로 보는 시각을 떠나 생명의 존귀함을 먼저 생각하는 데서 자연치유법은 시작된다. 우리는 무엇인가, 우리는 어디서 와서 어디로 가는가 하는 철학적인 접근부터 시작하는 것이 그 출발점이다.

인간은 병 특히 암 그 자체 때문에 죽는 것이 아니다. 다만 암이라는 병은 이기지 못하는 죽음의 병으로 인식하는 그 자체가 죽음으로의 길을 쉽게 인도할 뿐이다.

성경이 인간의 탄생부터 죽음에 이르는 때까지의 모습을 잘 설명해 주고 있다. 절대자는 자신의 모습대로 인간을 만드셨다고 했고 '하나님이 땅의 흙으로 사람을 지으시고 생기를 그 코에 불어 넣으시니 사람이 생령이 된 지라.'라고 하는 것을 보면 절대자의 정기를 불어넣어 만들어진 인간은 쉽게 병에 쓰러질 존재로 나타나지 않았다는 사실을 알 수 있다.

따라서 자연치유는 절대자가 만드신 그때의 원초상태로 돌아가는 과정이라고 말할 수 있다. 여기에는 욕심, 경쟁, 탐욕, 시기, 질투 등 현대의학에서 말하는 스트레스를 유발할 수 있는 모든 요소를 없애는 작업이 우선이다. 암을 내 몸에서 10년 동안 공을 들여 자라게 했다는 사실을 깨닫는 일부터 시작하는 것이다.

지금까지 살아왔던 모든 환경을 자연의 상태로 되돌리는 환경의 변화, 지금까지 섭취했던 모든 음식의 자연 상태로 되돌리는 변화 그리고 창조자이신 절대자의 존재를 인정하고 자신을 그 존재에 맡기는 의식의 변화가 있다면 그는 암을 이긴 승리자가 되어 있을 것이다.

10. 암 환자의 암 이야기 - 1

열 명의 보통 사람에게 물었다. "암이란 어떤 병인가요?"

이 중 여섯 사람은 암은 한 번 걸리면 죽는 병이라고 대답했고 세 명은 잘만 하면 죽지 않고 살 수 있는 병이라고 했으며 나머지 한 명은 살아가면서 함께 지고 가는 병이라고 대답했다.

현대의학이 첨단으로 발달하고 있고 많은 치료 사례에서도 볼 수 있듯이 이제 암은 일찍 발견하기만 하면 보통 맹장염 정도로밖에 여기지 않는 가벼운 병이라고 하지만 그것이 그리 간단한 병이 아니라는 것은 이를 연구하고 그 치료법을 개발하는 전문가들의 말을 들어 보면 알 수 있다.

암은 크기로 보아 직경이 1cm로 자라면 무게가 약 1g이고 그때의 세포 수는 10억 개 정도가 된다고 하며 이때야 비로소 암으로 판정을 할 수 있다고 한다. 이렇게 자란 암세포는 그 성장속도가 기하급수로 빨라져 그 수를 배로 늘리는 더블링 타임이 10번 정도 계속하면 직경 10cm 무게 1kg, 세포 수는 1조 개로 커져 거대 암 덩어리가 된다. 그러나 이런 규모로 커질 때까지 견뎌낼 사람은 아무도 없고 그 전에 다 사망하고 만다고 한다.

그렇기 때문에 아무리 최신 의료기술이 발달하여 암을 퇴치할 수 있다고는 하나 한발 앞서가는 암세포의 하는 짓을 보면 아직 그 끝은 멀었다는 생각을 지울 수 없다.

내가 겪어 본 암을 예로 들어 보아도 암은 만만한 존재가 아니라는 사실을 알 수 있다. 초기에 제거수술만 하면 완치할 수 있다는 의사의 말에 꼴딱 속아서(?) 수술을 했고 그 후 10년을 태무심하게 살다가 그 10년을 채우고 나니 다시 고개를 내미는 그 암세포로 인하여 나는 어쩔 수 없이 다시 치료를 받아야 하는 암 환자가 되었다.

그렇기 때문에 60세를 넘긴 사람이 확률적으로나 나이로 보나 암에 걸릴 가능성이 상당히 높은 데도 왜 나만 암에 걸려야 하느냐고 목청을 돋울 필요가 없으며 걸린 암을 원망하며 땅을 칠 처지도 아니라는 것이 암 환자의 입장이다.

뿐만 아니라 그 암을 겪어 보니 사지를 덜덜 떨 정도로 두려워할 존재도 아니지만 그렇다고 태평하게 콧노래를 부를 정도로 마음이 편한 것도 아닌 생활이 이어지다 보니 행동이 옛날보다 더 조심스러워지고 생각하는 일에 한 번 더 숙고하는 습관이 생긴 것은 암이 나에게 가져다준 귀한 선물이라고까지 하지 않을 수 없다.

〈죽음의 순간〉을 쓴 엘리자베스 로스에 따르면 사람들은 의사로부터 암이라는 진단을 받는 날부터 예전에 겪어 보지 못한 복잡한 심리상태가 연속적으로 교차한다고 한다.

'그럴 리 없어'라고 의사를 믿지 않으려고 하는 부인단계를 시작으로 하여 '왜 나한테 이런 운명이…'라고 하는 분노의 단계, 그리고 '더 살고 싶다'라고 하는 신과의 협상단계, 세상 모든 일이 나와 상관없이 혼자라는 우울단계를 거쳐 결국은 자신의 운명에 순종하게 되는 수용단계를 거친다고 한다. 그렇게 만만하게 보던 세상이 한순간 절벽이 되어 내 앞을 가로막는가 하면 자신이 깊은 수렁으로 한없이 침잠하는 무기력도 체험하게 된다.

그래서 50대 이후에 암에 걸리는 현상은 너무나 자연스러운 현상이라고 할 수 있다. 이때가 되어서야 발병하는 것이 암이 아니라 그 10년 전이나 20년 전에 이미 병이 시작된 것이 이때 비로소 나타나는 것뿐이다.

그때 발견된 암은 그 세포 수를 기하급수적으로 증식시키면서 막바지로 치달아 가는 단계에 접어들고 있는 것이다. 그래서 암이라고 판정된 사람은 투병을 서두르지만 이미 암의 퍼지는 속도를 미처 따라가지 못하고 '어 어' 하는 사이에 돌이킬 수 없는 상태로까지 몰고 가는 것이 암의 고약한 특성이다.

11. 암 환자의 암 이야기 - 2

영국의 소설가 스위프트(J. Swift)가 쓴 〈걸리버 여행기〉에는 거인국과 소인국이 나오지만 '스트랄드부르그'라는 종족이 살고 있는 나라도 나온다. 이곳에서는 죽지 않고 영원히 살아가는 것이 저주로 여기고 있는 이상한 나라다.

그래서 우리는 역설적이지만 영원불사의 세계가 아닌 죽음을 맞이하는 세계에 살고 있다는 것이 얼마나 축복인지를 모르고 살고 있는 셈이다.

이런 축복을 가져다주는 것들 중 가장 중심에 있는 것이 암일 것이다. 그래서인지 사망률 1위인 암은 현재 인류의 영원한 숙제이며 결코 정복되지 않을 마지막 비경으로 남아 있을 것 같다.

'생명의 신약'이니 '기적의 명약'이라고 하면서 새로운 암 퇴치약이 발명되었다고 선전하는 신약치고 그 기막힌 효능보다 부작용이나 생각지도 못한 역효과가 더 많아 이내 자취를 감추는 것을 우리는 자주 보아 왔던 터이다. 이렇게 암은 인류의 열망과는 반대로 그 생존을 영악스럽게 이어 가는 모습을 보면 암은 인류의 영원한 동반자인지 모르겠다.

그러나 우리 몸속에는 자연면역계에 속하는 '대식세포'란 별명을 가진 메크로파지(Macrophage)가 있어 외부의 암세포를 먹어 치우는 역할을 하는 유용한 세포가 있다. 아메바처럼 생겼고 어떤 이물질이든 발견되기만 하면 냉큼 접근해서 가차 없이 잡아먹어서 소화시킨다.

그래서 암을 퇴치하기 위해서는 이 세포를 활성화시켜 암세포를 먹어 치우게 하면 된다고 생각하여 이 분야에 의학적 노력이 집중되었지만 연구를 거듭할수록 메크로파지가 암세포를 박멸하기는커녕 암세포를 더욱 성장시키는 역할을 하는 것을 보고는 아연 실색하지 않을 수 없었던 것이다.

그것은 메크로파지가 이물질을 닥치는 대로 먹어 치우기는 하되 죽은 암세포만 먹기 때문에 살아 있는 암세포의 성장통로를 열어 주게 되어 이동능력 즉 전이능력을 높여 주는 역할을 한다는 것이다.

이렇듯 인류는 다양한 수단과 방법을 동원하여 암을 때려눕히려고 노력을 집중하지만 암의 생존능력은 늘 한 수 위여서 죽였다고 생각하는 그때가 암이 다시 제 살길을 찾아 나서는 때가 되는 것이다. 특히 나이가 들어 모든 면역력이 떨어지게 되는 노인에게는 이런 암세포는 더욱 극성을 피워 골탕을 먹이기 일쑤이다.

그래서 암에 걸렸다고 의사로부터 진단을 받는 그날은 암이 생겨난 지 적어도 10년이나 15년 정도가 지난 때라고 생각하면 될 것이고 이때부터 본격적인 암 투병이 시작되는 것이다.

내가 암에 걸렸다는 소식을 들은 친구나 친지들은 예전에 들도 보도 못한 신비한 약을 추천해 왔다. 이상한 버섯에서부터 이름을 알 수 없는 동물의 내장에 이르기까지 그 종류가 다양하다 못해 기가 질릴 지경이었다. 심지어는 개구리 뒷다리를 구워 먹으면 암에 특효라며 먹기를 강요하였지만 호주에서 개구리 뒷다리를 구할 재주가 없어 포기할 수밖에 없었던 기억이 있다.

세계적으로 암치료전문병원으로 유명한 미국의 MD 앤더슨병원에서 30여 년간 암을 치료해 온 김의신 박사에 따르면 현대의학으로 암을 완전히 정복한다는 것은 불가능할 것으로 내다보았지만 암으로부터 탈출할 수 있는 유일한 방법을 제시하고 있어 흥미를 끌고 있다.

그것은 인간은 근본적으로 연약한 존재임을 인정하고 절대자에게 자신의 운명을 의뢰하며 그 절대자에게 모든 결과를 위임할 때 놀라운 치료효과가 나타난다는 것이다. 과학으로는 이해가 되지 않는 일들이 이런 의학계에서도 나타나고 있다는 것은 절대자의 존재를 인정하지 않고는 설명이 되지 않는 일들이다.

12. 노년을 활력있게 보내는 법

일본의 노인학연구로 유명한 와다 히데키(和田秀樹) 씨는 "남성 호르몬은 중 장년기 삶의 활력을 좌우하는 중요한 변수"라며 "남성 호르몬 수치가 낮아지면 심신이 녹슬고 '무기력한 뇌'를 갖게 될 위험이 높아진다."라고 말하고 있다.

늙어지면 활력이 떨어져 매사에 의욕이 없어지는 현상은 너무 당연하다고 할 수 있지만 이런 활력의 저하는 남성 호르몬의 감소가 그 원인이라는 것이 알려져 관심을 끌고 있다. 이 남성 호르몬이 감소되면 대표적으로 나타나는 현상이 배불뚝이, 새우 등, 버럭, 울컥 등의 모습이다.

남성 호르몬은 여러 종류가 있지만, 가장 대표적인 것으론 테스토스테론(Testosterone)이 꼽힌다. 남성 호르몬 수치를 검사하면, 통상 테스토스테론 수치의 측정을 의미한다.

이 남성 호르몬은 대개 40~50대부터 줄어들기 시작해 70~80대에는 청년 시절의 3분의 1까지 감소한다고 한다. 드물기는 하지만 30대부터 남성 호르몬 감소가 시작되는 경우도 있다. 30대 남성인데 에너지가 없어 보인다면 남성 호르몬 부족이 원인일 수 있다. 줄어드는 남성 호르몬은 노화로 점점 둔해지는 뇌에 영향을 미친다.

와다 씨는 "나이가 들면 시력, 청력, 근력, 기력, 집중력 등 여러 신체 능력이 후퇴하게 된다."라면서 "동시에 삶의 의욕도 줄어드는데, 인간의 마음과 사고를 관장하는 대뇌 전두엽의 노화 속도가 신체에서 가장 빠른 것과 연관이 있다"라고 말했다.

전두엽 기능이 약해지면, 주의력·직관력·창의력·판단력 등이 전부 나빠질 수밖에 없어 '귀찮다', '재미없다', '지루하다', '우울하다' 등과 같은 부정적인 생각이 일상에서 나타나고, 사소한 일에 화부터 내게 되며 삶에 대한 의욕도 사라지게 되어 있다.

'누구보다 다정다감했던 남편(아빠)이 요즘은 입만 열면 버럭 짜증부터 낸다.'라는 가족들의 고민이 시작되는 것도 이때부터다. 남성 호르몬은 중년 이후 남성의 체형도 바꿔 버린다. 복부 비만으로 '배불뚝이'가 되기도 하고, 몸이 앞으로 구부정해지는 '새우등'도 나타난다.

남성 호르몬이 줄어들면 성적 기능만 저하되는 것이 아니라 타인과의 만남도 귀찮아지고 새로운 일에 흥미나 재미도 잃게 되면서 체력이나 음주 능력도 예전 같지 않고 젊은이들을 보면 어울리기 어렵다는 심리적 거리감도 느끼게 되는 경향이 두드러진다.

남성 호르몬 분비 감소로 생기는 우울증 증상을 극복하는 방법 중 가장 좋은 치료법은 꾸준한 운동이라고 한다. 그러나 노년에 하는 운동은 젊어서 하는 운동과 다를 수밖에 없다. 과격한 운동보다 에너지를 천천히 소비하는 운동인 '걷기'가 가장 좋은 운동법으로 알려져 있다.

남성 호르몬은 외부 활동과도 연관이 있다. 와다 씨는 "지난 2013년 세계적인 과학 잡지 '네이처'가 남성 호르몬에 관한 특징을 조사해 발표했는데, 기부나 자원봉사 등에 적극적이었던 사람이 많았다"라면서 "남성 호르몬이 많은 사람은 타인에 대한 관심이 높고, 곤경에 빠진 약자들을 돕고 싶다는 의지가 강했다."라고 말했다.

항상 무기력해 보이고, 이야기를 해도 재미가 없는 사람에겐 아무도 끌리지 않는 법이다. 남성 호르몬이 부족하지 않아야 쌩쌩한 뇌를 가질 수 있고, 이런 사람은 늘 에너지가 넘치고 활기차서 사람들이 저절로 모여들게 마련이라는 사실을 노년을 가고 있는 사람들은 유념해야 할 일이다.

13. 마지막에 이르렀을 때 – 죽음

삶의 마지막 때에는 어떤 마음 상태가 될까 하는 의문은 누구에게나 있어 왔던 질문이다. 그것이 젊었을 때에는 특별한 감동이 없이 지나치기 일쑤이지만 노년에 들어선 사람들은 조금씩 그 형상을 갖추어 가면서 다가오게 마련이다.

그런 형상을 우리는 죽음이라고 부르고 있지만 사람들은 이에 대한 생각이 매우 이율배반적이라고 할 수 있다. 죽음은 누구에게나 닥쳐오는 필연의 현상이지만 나와는 아무런 상관이 없다고 하는 착각 속에서 살아가기 때문이다.

죽음에 대한 정확한 정의에 대해서는 세상에서 아무도 그 진실을 설명할 수 있는 사람은 없다. 그것은 죽음을 맞이하는 사람이 갑자기 자리를 털고 일어나 그 순간을 글로 쓸 수 없기도 하고 죽었던 사람이 벌떡 일어나 죽어 가는 과정을 설명해 주는 사람도 존재하지 않기 때문이다.

이러한 마지막 때 죽음을 평가한다는 것은 살아 있는 동안 그 어떤 판단기준으로도 그 진실을 평가할 수 없다는 것은 사실이다. 그렇지만 그 죽음 앞에 섰을 때 진정한 의인은 어떤 사람일까 하는 질문은 충분히 해 보아야 할 가치가 있는 일이다. 세상 사람들은 죽음의 공포가 덮쳤을 때 그들의 관심사는 오직 한 가지일 수밖에 없다.

'조금 더 살 수 있는 방법은 없을까?'라고 하는 질문만이 그 머리를 온통 휘감고 있을 것이다. 권력을 가진 사람은 무소불위의 권력을 다 던져서라도 그 방법을 찾으려 할 것이고 재산이 산처럼 쌓아 둔 사람이라면 그 모든 재산을 다 던져 버릴지라도 그 마지막 방법을 찾으려고 할 것이다. 진시황의 불로초가 그것이고 중세의 연금술사들이 그런 사람들일 것이다.

그래서 그 죽음을 앞당겨 체험해 보려고 하는 사람들이 있다. 이럴 경우 몇 가지 전제 조건이 있다. 자기가 죽었을 경우 남겨진 사람들이 어떻게 하고 있는지를 멀찍이 떨어져서 볼 수 있다는 생각을 하는 경우가 그것이고 자신이 생전에 못 이루고 있던 일들이 어떻게 진행되고 있는지를 알 수 있다는 가정이 그것들일 것이다.

그러나 분명한 것은 사람이 죽으면 그 이후의 의식은 사라지는 것이기 때문에 아무것도 볼 수 없거나 생각할 수 없는 소멸의 상태가 되는 것임을 사람들은 모르고 있기에 이를 착각을 하면서 죽음을 체험해 본다는 시도를 하고 있는 것이다.

죽음이라는 사실을 앞에 놓고 생각해 보면 일상의 모든 일들이 비할 바가 없는 사소한 일들이 되어 버린다. 죽도록 사랑했던 사람들과 그렇게도 미워했던 사람들 그리고 일생 동안 자신의 주변에서 생사고락을 함께 했던 사람들과의 질기고도 복잡한 인연으로 인해 희로애락의 여울들이 한낱 바람처럼 흩어져 버리면서 당면한 현실에 절망하기 일쑤이다.

간혹 임종 시 천국을 간절히 바라며 얼굴에 잔잔한 미소로 천사 같은 모습을 보이는 이들이 있기는 하지만 그리 흔한 광경은 아니다. 신실한 신앙인이거나 현실의 고통으로부터 해방이 된다는 죽음의 순간을 갈망했던 이들만이 보이는 특별한 모습일 뿐이다.

그렇기 때문에 죽음이라는 단어는 결코 가벼이 볼 사안이 아니며 한 인생의 마지막 대단원을 맞는 순간이므로 엄숙해야 하고 고결해야 하며 아름다워야 한다. 이 죽음을 지켜보는 사람

역시 같은 마음으로 그 죽음을 바라보고 애도해야 하는 이유인
것이다.

누구에게나 오는 죽음이 자연스럽고 아름다워지기 위해서는
그 죽음에 대해서 미리 마음을 들여 준비해야 하며 통렬한 고뇌
가 따라야 하며 당황하지 않게 받아들일 수 있는 준비가 그래서
필요한 것이다. 준비 없이 그때가 되어 당황하다가 지저분한 모
습만을 남기고 떠나는 어리석음을 피하기 위해서이다.

14. 죽음의 미학

세상사람 모두는 죽음에 대해 관심을 가지고 있다. 특별히 나
이가 들면서 더 명확해지는 사실로 받아들이게 된다. 학자들뿐
만 아니라 생명을 가지고 태어난 인간이라면 이 죽음에 대한 생
각은 세상 사람들의 수만큼이나 많다고 하겠다. 과학에서 말하
는 죽음은 생명체의 모든 기능의 영구적인 정지로, 의식이 사라
진다는 점에선 기절과 비슷하다고 할 수 있다.

다만 죽음이 의식만 상실하는 기절과 다른 점은 생명활동 일
체가 영구적으로 멈추어 다시 깨어나지 못하는 데 있다. 그래서
죽음을 영면이라 하여 잠에 비유하기도 하지만 엄밀히 말하면

잠은 자는 동안 꿈이라도 꾸는 반면 죽음은 그런 꿈이 없는 것이 다르다고 할 수 있다.

서울대 내과학의 권위자 정현채 교수는 "죽음은 사방이 꽉 막힌 벽이 아니라 다른 세상으로 이동하는 문"이라고 설명하고 있다. 과거에는 심장이 정지하면 당연히 살릴 방법이 없었으므로 심장의 정지가 되돌릴 수 없는 죽음의 기준이었다.

그러나 심폐소생술이 개발된 후 심장이 정지해도 빠른 처치로 소생이 가능하다는 게 알려지면서, 죽음의 정의는 심장의 정지에서 더 근본적인 뇌의 기능 정지 혹은 더 확실하게 모든 세포의 기능 정지 정도까지 후퇴하게 되었다.

모든 세포가 죽은 사람은 현재로써는 살릴 방도가 전혀 없으므로 이 정의는 현재 합당하다고 하겠다. 그러나 만일 사람의 몸을 구성하는 수많은 죽은 세포 하나하나를 살릴 수 있는 기술이 나온다면 이 정의는 재검토되어야 할 것이다. 극단적으로는 누군가가 죽은 후 수십억 년 후에 고도로 발달한 인류의 후손이 조상의 몸을 구성하다가 조상이 죽은 후 우주 전체로 흩어진 원자들을 모두 모아 생전의 상태대로 조립한다면 이미 죽어서 화장을 해 버린 사람이라도 생명을 살릴 수 있다고 하겠다.

다만 완성본이 만들어진다 한들 거기에 의식까지 완벽히 복구되기는 2019년 현재로써는 상상하기도 힘들지만, 불가능하다고 단정할 수도 없는 것이 사실이다. 극단적으로, 육체를 개체가 아닌 그저 DNA의 운반 수단으로 볼 경우에는 자식이 있어 유전자가 전달된다면 죽지 않은 것이 된다. 즉, 죽음의 기준은 과학 기술의 발달에 따라 변화한다고 할 수 있다.

죽음은 모든 삶이 마지막에 닿는 것으로 불가피하게 여겨지므로 삶을 어둡게 바라보게 하며 극도의 허무주의에 빠지게 하는데, 이것이 심화되면 '죽음 공포증'에 걸리기도 한다. 그러나 죽음에 대한 공포는 자연스러운 본능이고, 이는 삶을 소중히 여긴다는 방증이기도 하다.

과학이 발전함에 따라 죽지 않는 여러 방법이 논의되고 있다. 한 예로 러시아의 재벌 드미트리 이츠보프(D. Ichboff)가 밝힌 '아바타 프로젝트'의 계획은 다음과 같다.

2015년~2020년, 사람의 뇌파로 로봇을 조종할 수 있는 시스템을 만든다.

2020년~2025년, 사람의 뇌를 이식할 수 있는 아바타를 만든다.

2030년~2035년, 인공두뇌를 가진 아바타를 만들고 여기에 인간의 개성과 의식을 이식한다.

2040년~2045년, 홀로그램 아바타, 즉 불멸의 존재를 완성한다.

죽음의 공포를 극복하려는 수많은 노력들을 보고 어떤 철학자의 말처럼 아예 태어나지 않는 것이 가장 좋다는 생각을 가지는 사람들도 적지 않다. 시작이 없으면 문제도 없는 것처럼 태어나지 않으면 죽음도 없다는 논리이다.

15. 호스피스 – 좋은 죽음

이 세상에 태어난 사람은 누구나 죽음이라는 문제를 피해 갈 수 없다는 숙명을 가지고 있다. 불로불사를 열망했던 진시황을 비롯하여 세계를 정복한 나폴레옹과 미모로 제국을 휘어잡았던 클레오파트라 등 생전에 자신의 죽음을 피해 보려고 온갖 비법을 다 써 본 사람이라 할지라도 다가오는 죽음은 피할 수 없었다.

사람들은 자신이 죽으면 호상(好喪)이라는 말을 듣기를 원한다. 자손들 다 성취시키고 주위에 많은 후손들이 둘러앉은 자리에서 유언이라고 자손들에게 전해 준 후 아름답게 눈을 감는다는 환상을 가지고 있다. 그러나 현대사회는 이런 호상의 광경을 제도적으로 허락하지 않고 있다.

이곳 호주는 거의 100% 병원에서 몸에 수를 헤아릴 수 없을 정도로 많은 튜브가 끼워진 상태에서 의사가 죽음을 확인하는 방법으로 죽음을 맞게 되는 경우도 있고 특별한 환경에 살면서 도우미의 도움을 받으며 편안한 죽음을 맞는 사람도 있다.

세상의 모든 종교, 철학은 한결같이 죽음과 연결되어 있다. 죽음의 순간은 인간이 자신의 존재를 다 걸어서 해결해야 할 진실의 순간이기 때문이다. 피할 수 없는 일이라면 그 죽음을 아름답게 맞이하는 방법을 찾는 것이 훨씬 더 현명한 일이다. 그래서 좋은 죽음(Well Dying)이 중요한 일이 되는 것이다.

죽음에 임박한 사람에게 현대 첨단의료기술을 이용하여 무의미하게 수명을 연장하는 것을 연명(延命)치료라고 하고 환자가 편안하게 죽음을 맞이할 수 있도록 의료적, 심리적, 영적 서비스를 제공하는 것을 완화(緩和)치료라고 하며 이를 실천하는 의료행위를 '호스피스'라고 구분하고 있다. 이 완화의학은 다른 의학과는 달리 환자의 건강을 회복하거나 생명을 연장하거나 기능을 재건하도록 하는 것이 아니라 임종을 맞이하는 환자가 불필요한 고통을 덜고 편안한 죽음을 맞이하도록 의료적으로 개입하는 것을 말한다.

호스피스-완화치료의 필요성은 점차 커지고 있기는 하지만 결코 쉽게 이를 받아들이지 못하고 있는 실정이다. 한국에서는 끝까지 최선을 다하고 희망을 잃지 않기를 바라는 마음에서 말기 암이라는 사실을 환자에게 알려 주지 않고 있는 경우도 있지만 이때 완화치료가 필요해진다. 이 경우 자신의 병을 먼저 이해하고 죽음을 수용하는 태도 그리고 그에 대한 의료진의 판단을 신뢰하는 태도가 무엇보다도 중요한 자세라고 할 수 있다.

옛날에는 노인들이 병으로 누우면 한두 달, 길어야 몇 달 정도 투병생활을 하다가 임종을 하는 것이 보통이었는데 첨단 의료시설이 구비된 지금은 연명 치료에 의존한 나머지 환자는 자기 의사와는 무관하게 몇 달 또는 몇 년까지 갖은 고통을 다 감수한 후에 죽음을 맞이하게 된다.

자식들에게 부담을 주지 않고 천수를 누린 후 편안하게, 가족과 좋은 관계를 가지다가 좀 더 살았으면 하는 아쉬움이 남을 때 죽는 것을 옛날식 죽음이라고 한다면 연명 치료로 오랫동안 의미 없는 투병생활을 하다가 병원의 병상에서 혼자서 죽음을 맞이하는 현대식 죽음 사이에는 너무 큰 거리가 있다.

죽음은 한 개인의 문제이지만 죽어 가는 자와 남겨진 자 사이에 존재하는 사랑과 신뢰의 문제 그리고 의료제도를 유지하는 사회 전체의 정의의 문제가 달려 있는 것이다. '좋은 죽음'은 이 모든 것을 고려할 수 있을 때 더욱 가치가 있는 것이다. 다행히 우리 문화에는 죽음을 자연의 한 순환이치로 겸허하게 수용하는 전통문화를 가지고 있다. 여기에 솔직함과 합리적 사고가 더해진다면 편안한 죽음, 품위 있는 죽음은 가능하게 될 것이다.

16. 마지막 10년

최근 인간의 수명이 100세까지 연장된다고 난리들이지만 이제 겨우 80을 넘긴 우리 세대들은 그다지 실감이 나지 않는 것이 사실이다. 오히려 몸이 예전 같지 않게 둔해졌다든가 감기와 같은 잔병이 자주 찾아오며 정신마저 가끔은 오락가락하는 때가 많아져 이런 현상이 늙었다는 증상인 것만을 자각하고 있는 형편이다.

그래서 요즘 인터넷상에서 떠도는 노인들에 대한 충고가 새삼 마음에 와 닿는다. 눈이 침침한 것은 꼭 필요하고 큰 것만 보라는 뜻이고 귀가 잘 안 들린다는 것은 필요한 말만 선별해서 들으라는 것이며 이가 시린 것은 연한 음식만 먹어 소화가 잘되게 하라는 뜻이고 걸음걸이가 둔해지는 것은 매사 조심하면서 집을 떠나 멀리 가지 말라는 의미이며 정신이 오락가락하는 것은 살아온 세월을 다 기억하지 말라는 뜻이라고 한다. 결국 가끔 하늘을 쳐다보면서 쉬어 가면 보이지 않는 것보다 보이는 것이 훨씬 많다는 뜻으로 받아들여진다.

지금 70대 중후반의 세대, 그러니까 해방정국과 6.25를 시작으로 하여 국민소득 100불에서 삶을 시작한 우리 세대는 지금 30,000불이 넘는 시대에 살고 있지만 그 윗세대와 그 아래 세대보다 마지막 10년 동안 약 1억 원의 흑자생활을 할 수 있다는 행운의 세대라는 통계가 있다.

행운이라는 의미는 윗세대는 해방과 전쟁의 소용돌이 속에서 자식과 가족을 위해 죽기 살기로 살다 보니 노후준비를 할 겨를이 없이 얼떨결에 100세 시대를 맞아 전전긍긍하며 살게 되는 세대이고 아래 세대는 정부에서 준비한 여러 가지 연금이 있지만 사회보장제도의 미비로 약 40% 정도가 파산하게 될 것이라고 예측하고 있기 때문이다.

그렇게 행운의 세대이긴 하지만 마지막 10년을 휘파람만을 불며 살 형편이 아닌 것은 혈관질환(뇌와 심장) 그리고 당뇨병과 암 등으로 그 10년 중 5년 이상이나 병원신세를 지다가 눈을 감는다고 하니 빛 좋은 개살구가 이럴 때 쓰는 말일 것이다. 최근 10년 사이에 한국인의 수명은 3.5년 늘어났지만 이 중 건강하게 산 기간은 1년을 넘기지 못한다는 통계가 있어 10년 전에는 1-2년을 앓다가 죽었지만 지금은 3-5년을 앓다가 죽는다는 의미이고 이는 수명이 길어지는 만큼 병원신세를 지는 기간이 늘어난다는 의미가 된다.

여기에 "좋은 죽음"의 필요성이 제기된다. 좋은 죽음이란 편안한 죽음을 의미하며 이는 익숙한 환경에서 존엄을 유지하며 고통 없이 죽음을 맞이하는 프로그램을 뜻한다. 영국의 좋은 죽음연구소인 메기스 센터(Maggie's Centre)에 따르면 고요함

(Calmness), 명료함(Clarity) 그리고 차 한 잔(A cup of tea)이 마지막 가는 사람이 소망하는 일이라고 한다. 아프지 않고 편안하게 이 세상과 이별하게 하는 것이 그들이 원하는 일이라는 것이다.

한국인은 마지막 10년을 좋은 죽음으로 보내지 못하고 망치는 몇 가지 이유가 있다. 노후에는 자식이 뒤처리를 맡아 주겠지 하면서 스스로 준비하지 않아 경제적 정신적 고통을 자초하는 경우가 첫째이고 이렇게 오래 살지를 예상하지 못해 80이나 90세를 적절히 대비하지 못했다는 자괴감과 오랫동안 병석에서의 고통을 예상하지 못하고 죽음이 쉽게, 짧은 시간에 갑자기 찾아오리라 하는 착각 그리고 의학적으로 회생 불가능 상태에서도 끝까지 치료를 포기하지 않는 한국의 특수한 병원문화가 나머지 10년을 어렵게 하고 있다.

말기 암 환자의 자녀들은 그래도 최선을 다하겠다고 하는 갸륵한 마음으로 병원과 집을 오가지만 결국은 병원에서 자식들이 환자의 임종을 보지 못한 채 쓸쓸히 운명하는 경우가 허다하다. 그래서 한국인은 젊어서는 여유가 없고 늙어서는 대책이 없는 마지막 10년의 후진국일 수밖에 없는 것이다. 국민이 마지막까지 행복을 느끼는 나라가 선진국이라고 한다면 말이다.

17. 임종 이야기

마지막 죽음을 앞두고 자신의 자손들이나 지인들이 옆에서 자신을 지켜보는 행위를 임종이라고 하지만 우리나라만큼 임종 행위를 엄하게 여기고 있는 민족도 드물 것이다. 자식이 부모의 임종을 지키지 못하면 대단한 불효로 여기어 평생의 한으로 살아가게 되는 것만 보아도 알 수 있다.

할아버지와 할머니가 돌아가셨을 때 나는 그분들의 사후 처리 과정을 생생하게 기억하고 있다. 이런 내가 그 전철을 밟게 될 터이지만 윗세대의 사후 뒤처리 모습이 그리 아름다워 보이지 않는 이유로 나의 사후에도 같은 일이 일어나면 어찌하나 하는 노파심에서 나의 소회를 남기고 싶다.

아마도 나의 자식들이 그 뒤처리를 하게 될 터이지만 그때에는 내가 이렇게 하라 말라 하는 간섭도 할 수 없고 아무 말도 못하는 형편이 될 터이니 미리 그때를 상정하고 이야기해 두는 일이 미상불 필요하다는 뜻에서 이 글을 쓰게 되는 것이다.

우리 부부는 요즘 죽음에 대한 이야기를 부쩍 많이 하고 있는 편이다. 누가 먼저 죽을까라고 하는 부질없는 시비꺼리를 시작으로 하여 서로 먼저 죽겠다고 하는 입씨름까지 심심치 않게 하고 있다. 막상 죽음에 이르게 되면 삶에 대한 애착이 더 크겠지만 서로 먼저 죽기를 원하는 마음은 진정이라고 여겨진다.

남겨진 사람은 그 애통한 마음을 추스를 수 없는 현실을 상상하기 싫어서 그러하기도 하지만 함께한 세월 동안 쌓인 추억의 두께가 너무 무거워 견딜 수 없는 고통으로 다가올 것이라는 생각에까지 미치게 되다 보니 그렇다. 그러다가도 한편으로는 내가 나중에 죽어야지 하는 염치없는 생각을 하기도 한다. 그것은 먼저 죽는 사람의 뒤치다꺼리를 내가 손수 해야 한다는 책임감도 있지만 무엇보다도 남겨진 사람의 정신적 고통을 집사람에게 전가하고 싶지 않다는 마지막 소청이기도 하기 때문이다.

어떤 모습으로 나는 나의 마지막을 맞을까 하는 짐작은 지금으로써는 가늠하기가 어렵지만 죽음에 이를 때쯤 나는 나의 핏줄들에게 꼭 남기고 싶은 말이 있다. 나의 사후 처리 방법을 부탁한다든가 지켜야 할 집안의 유훈 등 무거운 유언을 하고 싶지는 않다. 다만 남겨질 내 자식들에게 나의 불민함을 용서해 달라는 부탁을 하고 싶을 뿐이다.

그것은 나의 조상 특별히 내가 기억하고 있는 조부모, 부모보다도 더 훌륭한 한 세대를 살지 못하여 자식들에게 큰소리칠 형편이 아니기도 하지만 그렇게도 사랑스러운 내 자식들에게 사랑의 표현을 잘 못해서 자식들의 마음을 슬프게 한 일이 너무 많은 것을 용서받고 싶은 것이다.

나는 나의 죽음의 장소로 하얀 병실이 아닌 우리 집에서 마지막을 보내고 싶다. 온몸에 여러 가닥의 줄을 달고 고통스럽게 연명하다가 주위에 아무도 없는 병실에서 죽는 것이 아니라 편안하고 익숙한 나의 집에서 서쪽하늘을 앞에 두고 찬란한 석양을 바라보며 하늘나라에 가고 싶다. 그때쯤에는 모든 일이 내 뜻대로 되지 않는 상황이 될 것이지만 미리 내 자식들에게 이렇게 부탁해 두고 싶은 것이다.

얼마 있지 않아 맞닥뜨릴 나의 임종에는 멀리 떨어져 살고 있는 나의 자식들을 한 자리에 모아 놓고 그 손들을 한 번씩 꼭 잡아 보면서 천국 가는 꿈을 꾸어 보지만 아무래도 그렇게 멋진 임종은 나에게 쉽게 오지 않을 것 같아 슬퍼진다.

내가 나를 만들어 주신 조부모님, 부모님의 임종을 지키지 못한 죄인이 어떻게 그런 욕심을 부리려고 하는지 염치도 없다는 생각에서 그런 임종을 꿈에서나 그려 볼 뿐이다.

18. 임종설계

나에게는 할아버지 할머니의 사진이 몇 장 없다. 노년에 우연히 카메라에 잡힌 스냅사진 몇 장 정도다. 내가 어릴 때에는 사진을 찍는다는 사실 자체가 엄청난 사치여서 아무나 사진을 찍을 수 없다는 이유도 있었지만 그보다도 어른의 얼굴을 빤히 쳐다보며 기계를 조작한다는 자체가 불경스럽다는 의식으로 감히 할아버지 할머니에게 포즈를 취하라고 청을 드리지 못했던 결과이다.

더욱이 노인에게 사진을 찍자고 하면 으레 영정사진을 찍는다는 부정적인 인식 때문에 망설여지기도 하고 찍히는 당사자 역시 유쾌히 포즈를 취할 마음이 들지 않는 것이 당시의 관례였다.

노인에게 죽음에 대하여는 말하기를 대단히 꺼려하는 관습이 우리에게 있다. 살아 있는 부모에게 장례라든가 유언에 대하여 언급하는 일은 부모에게 빨리 돌아가시라는 보챔으로 들려질까 하는 염려와 효심의 상실처럼 느껴지기 때문일 것이지만 따지고 보면 일을 당하기 전에 미리 생각해 두고 준비하기 위하여 당사자와 죽음에 대하여 미리 이야기해 두는 것은 합리적인 태도이다. 임종설계라는 말이 그래서 필요한 것이다.

임종설계는 단순히 죽었을 때 장례를 지내는 절차나 비용 따위를 계획하는 일이 아니다. 그 임종에 이를 때까지 어떻게 살아야 하며 무슨 방법으로 좋은 죽음을 맞이해야 하는가 하는 모든 준비과정을 이르는 말이라고 할 수 있다. 그 준비는 이르면 이를수록 좋다고 한다. 늙음이 오래 살았기 때문에 오는 고통이 아니라 절대자가 준비해 주신 축복이기 때문이다.

인간은 시간이 지나면 늙는 것은 절대자가 정해 놓으신 이치이다. 시간은 인생을 병들고 늙고 죽게 만드는 올무가 아니라 영원으로의 길을 준비하는 아름다운 과정이라고 할 수 있다.

그 시간의 과정을 아름답게 준비하는 것이 임종설계이다. 그래서 걷지도 못하게 될 때까지 기다리다가 인생을 슬퍼하고 후회하지 않게 하기 위하여 노인들은 젊을 때보다 더 열심히 움직여야 한다.

몸이 허락하는 한 가 보고 싶은 곳을 여행하고 기회가 될 때마다 옛 친구들을 만나 보며 가지고 있는 돈은 자식에게 물려주지 않고 자신을 가꾸는 일에 바로 써서 자신의 품위를 최상의 수준으로 가꾸도록 하는 일이 중요하다. 아끼고 모아 두어야 가지고 갈 곳이 없는 것이 돈이다.

노인이 되면 육신의 병이 깃들게 마련이다. 요즈음은 의학이 발달하여 죽음도 쉽게 이르지 못하는 때이지만 그 병을 치료하기 위하여 병원으로 나들이하는 일로 세월을 보내는 경우가 허다하다.

그렇지만 이런 병치레로 마음마저 황폐해 가는 것이 더 두려운 일이다. 육신의 병이 아무리 깊고 질기더라도 그 다른 한편의 생명기둥인 마음만 강건하게 버텨 준다면 목숨이라는 것이 그리 호락호락 넘어가지 않는 법이다.

병이 찾아오면 자연스러운 현상으로 여겨 기쁨으로 대하면 그 병은 인간의 목숨을 쉽게 건드리지 못한다. 누구든 가난하거나 부유하거니 권력이 있거나 없거나 생로병사의 길을 가게 마련이다. 그러니 병이 들었다고 호들갑을 떨 일이 아니다. 몸은 의사에게 맡기고 목숨은 하늘에 맡기고 마음은 스스로 책임을 지면 자연스러워진다.

사후의 재산 문제, 병 치료와 간병 문제, 장례식 문제 등은 건강할 때 미리 준비해 두어야 한다. 언제든지 떠날 때 후회 없이 세상을 떠날 수 있는 사람은 미리 임종설계를 해 두는 사람이다.

자식과 손주들에 관한 일들에 대해서는 눈으로 보고 귀로 듣기만 하고 입은 다물고 뒤에서 조용히 절대자에게 부탁만 하면 된다. 임종이 다가온 그때에는 너무 슬퍼하지 말 것이며 너무 괴로워하지 말 일이다. 죽음은 이 세상으로 소풍을 나왔다가 다시 그 태어난 곳으로 돌아가는 과정일 뿐이기 때문이다.

19. 집에서 죽고 싶다

얼마 전 자식을 사고로 잃은 70대 박 노인은 미리 연명 치료 거부 의향서를 작성해 두기로 했다. 삶의 마지막 순간, 무의미한 치료를 중단하고 떠나겠다고 가족들에게 미리 밝히는 것이다. 박 노인은 뇌사에 빠진 자식이 마지막 한 달 반을 중환자실에서 고통스럽게 지내는 모습을 보고 의향서 작성을 결심했다. 그는 "심폐소생술을 반복하느라 갈비뼈가 부러지는데 숨이 잠시 돌아온 자식은 '아프다' 말 한마디 못 했다"라며 "결국 가족들이 심폐소생술 거부를 서명하는 순간이 오더라."라고 했다. 그러면서 "마지막 순간 그런 고통을 받고 싶지 않다"라고 했다.

한국에서는 생전에 스스로 연명 치료 중단을 결정할 수 있는 '연명의료 결정법'이 최근 5주년을 맞았다고 한다. 31일 보건복지부에 따르면 지난 2월까지 연명 치료 중단 의향서를 작성한 사람이 164만 4507명으로 집계됐다. 매년 30만 명 이상이 연명 치료로 생의 마지막 순간을 보내지는 않겠다고 결심한 것이다.

호주에서도 무의미한 연명 치료 중단은 '좋은 죽음(Well-Dying)'의 첫 단계라고 인식하고 있으므로 환자가 생명을 유지하기 어렵다고 판단될 경우 의료처리법(Medical Treatment Act)의 규정에 따라 연명 치료를 인위적으로 중단할 수 있도록 하고 있다.

한국에서 연명 의료 결정은 임종 단계 환자가 심폐소생술, 혈액투석, 인공호흡기 착용 등을 중단·거부할 수 있도록 하는 제도다. 지난 2008년 '김 할머니 사건'을 계기로 도입이 결정됐다.

당시 뇌사 상태인 76세 할머니의 인공호흡기를 뗄 수 있게 해달라는 가족들의 소송에 대법원은 "현 상태만을 유지하기 위해 이뤄지는 연명 치료는 무의미한 신체 침해 행위"라며 "오히려 인간의 존엄과 가치를 해친다."라며 가족 손을 들어줬다. 이후 관련 논의가 이뤄졌고 2018년 2월 연명 의료 결정 제도가 도입됐다.

누구든 건강할 때 사전 연명 치료 중단 의향서를 등록할 수 있고, 임종 단계 환자라면 담당 의사에게 연명 치료를 받고 싶지 않다는 의사를 전달할 수 있다. 환자가 의사 표현을 할 수 없는 상황이라면 환자 가족의 합의와 의료진 판단으로 연명 치료 중단이 결정된다.

전문가들은 "초 고령화 시대를 맞아 '잘 죽는 법'을 고민하는 사람이라면 사전 연명 치료 중단 의향서부터 검토해 보라"라고 조언하고 싶다. 건강하고 의식이 또렷할 때 무의미한 연명치료를 멈추고 호스피스나 완화 치료를 결정하는 것이 '당하는 죽음에서 받아들이는 죽음'으로 가는 첫걸음이라는 의미다.

'당하는 죽음에서 받아들이는 죽음으로'라는 취지를 살리기 위해서는 몇 가지 준비해야 할 일이 있다고 한다. 정현체(68) 서울대 의대 명예교수는 "엔딩 노트를 직접 작성해 보라."라고 했다. 마지막 순간을 떠올리며 작은 자서전을 써 보라는 것이다. 지난 세월 잊을 수 없는 사람을 떠올리고, 꼭 해 보고 싶었던 일을 적으며 남은 시간의 계획표를 짜 보는 일이다.

정현채 교수가 준비한 마지막 순간은 이렇다. 연명 치료 중단 의향서는 이미 써 뒀다. 화학섬유 없는 무명옷을 입고, 종이 관에 누워 화장해 달라고 했다. 장례식에 사용할 음악도 정해 놨다. 유골은 인천 앞바다에 뿌려 달라고 했다. 윤영호 서울대 가정의학과 교수는 "죽음에 관한 이야기를 생의 마지막 단계인 노년기엔 거리낌 없이 할 수 있어야 한다."라며 "'웰 라이프(Well life)'의 종착지가 '웰 다잉(Well Dying)' 아니냐."라고 했다.

20. 자연재해와 죽음의 상관관계

70을 넘기고 있는 사람들은 자신의 수명에 관심이 가게 마련이다. 평균 수명이 획기적으로 늘어난 지금 70대에 세상을 등진다고 하면 펄쩍 뛸 만큼 도리질을 할 것이고 80대에 죽는다고 해도 조금 더 살았더라면 하고 아쉬워하는 마음이 들 것이며 90이 가까워서 죽음을 맞이한다면 그제야 고개를 끄덕이는 시대에 우리가 와 있다.

얼마 전, 가까운 지인들과 이런 수명에 관해 이야기하면서 가장 적당한 죽음의 나이에 대하여 열띤 논쟁을 벌인 적이 있다. 자신이 88세가 되는 해가 2030이 된다면서 그 나이라면 아무도 자신을 섭섭하게 생각하지 않고 손을 흔들어 줄 것이라는 말에 모두 공감한 바가 있다.

그렇게 가정하고 보면 앞으로 살아갈 날이 매우 짧게 느껴지면서 죽음이 코앞으로 다가온 느낌을 지울 수 없게 된다. 바람처럼 흘러간 지난 10여 년을 뒤돌아보면 남아 있는 10여 년은 금세 다가와 지나가 버릴 듯해서 초조해지기까지 하다. 문제는 그 시간 동안 세상은 어떻게 바뀔 것이고 그 바뀐 시간을 어떻게 보내야 하는지에 관심이 갈 수 밖에 없다.

미래에 대한 예언은 흔히 혹세무민의 성격이 짙어 그 정확성을 가늠하기가 쉽지 않고 그 현실성 또한 미지수인 것이 특징이지만 미래에 대한 예측은 미래학자를 위시하여 과학자, 철학자 등 많은 사람들이 일정한 경험과 논리에 따라 주장하고 있어 예언과는 사뭇 다르게 받아들이고 있다.

역사상 수많은 예언자들은 지진과 화산의 폭발, 해수면 상승에 따른 엄청난 자연재해로 인한 지구의 멸망을 예언하고 있지만 그중에서도 전염병에 의한 인류의 멸망을 예언하고 있다는 점에 주목할 필요가 있다. 미래를 예측하고 있는 미래학자들 역시 전염병을 위시하여 지진, 화산폭발 등 자연재해에 초점을 맞추고 있다는 점이 특징이라고 할 수 있다.

특히 이 전염병에 대해서는 지금 전 세계를 강타하고 있는 코로나 바이러스가 그 실체를 잘 보여 주고 있다. 삽시간에 전 세계 190여 국에 확산되어 많은 희생자를 내고 있으며 과학자들이 이의 퇴치를 위해 고군분투하지만 문제는 그 치료약이 개발

되면 이내 또 다른 전염병이 주기적으로 나와 인류를 위협한다는 사실이 문제이다. 역사상 인류가 당했던 전염병의 사망자는 1, 2차 세계대전으로 인한 사망자보다 훨씬 많다는 사실이 이를 증명해 주고 있다.

BC 430년부터 시작된 천연두(5억)를 비롯하여 1331년에 처음 시작된 흑사병(1억) 그리고 스페인독감, 말라리아, 에이즈 등이 인류에 피해를 주었던 세계대전(6천만)의 수를 훨씬 능가하고 있다는 사실에 주목할 필요가 있다. 이런 전염병 이외에 미래의 자연재해에 대해도 끔찍한 예측을 하고 있다.

그 대표적인 사례로는 켈리포니아주에 있는 안드레아스 대 단층의 이동, 미국 옐로스톤 국립공원의 화산폭발, 백두산폭발, 동경직하지진 등 헤아릴 수 없이 많고 이에 따른 인류문명의 소멸까지도 예상하고 있어 암담한 미래를 예측하고 있다. 결국 지금부터 멀지 않은 27년 후인 2050년경에는 인류의 80%가 소멸될 것이라는 끔찍한 상황까지 언급하고 있다.

앞으로 일어날 불확실한 일에 대하여 미리 당겨 걱정할 필요는 없지만 세상의 격변과 인류의 소멸이 우리가 앞으로 살아야 할 88세까지는 일어나지 않을 것이라는 사실에 위안을 받고 유유자적할 만큼 염치가 없는 것은 아니다. 다만 지금의 노인들은 이러한 일들을 미루어 보아 아무래도 우리의 남은 수명이 순탄치 않을 것이라서 우리가 살아 있는 동안 이런 불상사가 일어나지 않도록 기도하는 일밖에 없을 듯하다.

21. 이상한 장례식

코로나 바이러스가 창궐하고 있던 어느 날 의료지원을 나갔던 한 의사가 전하는 말에 충격을 받았다. 자신이 치료하고 있던 한 환자가 자기 남편이 오늘 죽었다는 연락을 받았지만 가 보지도 못하고 장례식에도 참석하지 못한다고 흐느껴 울면서 하는 말을 듣고 가슴이 먹먹해지더라는 소식이었다.

코로나 역병이 이렇게 사람의 도리를 근본부터 흔들어 놓고 있다. 죽은 당사자는 코와 입에 호스를 끼우고 죽음을 넘나들던 며칠 동안 자신의 배우자에게는 물론 피붙이에게 말 한마디 해 보지도 못하고 스러져 가면서 얼마나 고통스러운 시간을 보냈을까 하고 생각해 보았다.

생명이 처음 태어나는 일과 마감하는 일은 삶의 역사 중 제일 엄숙한 순간이라고 한다. 한 생명의 탄생은 새로운 역사의 시작이고 그 생명의 종말은 역사의 마침을 의미하기 때문에 그 역사의 순환이 사람과 사람으로 이어지면서 인간의 역사가 이어져 왔지만 이렇게 이상한 죽음을 당하고 있는 지금의 사태가 역사의 종말이 아닌가 여겨진다.

호주의 장례식은 간결하면서도 엄숙하게 진행된다. 삶이 마쳐질 즈음 대부분의 노인들은 양로원(Nursing home)에 들어가 수년을 살면서 마지막을 정리하다가 병이 위중해지면 병원에 입원해 운명을 하게 된다.

장례식은 대부분 교회나 성당에서 유족과 친지들이 참석하여 기독교식으로 장례를 진행하는데 관의 뚜껑을 열어 사자의 얼굴을 노출시켜 참례자 모두가 마지막 인사를 하게 하면서 국화나 백합 등 흰 꽃 한 송이를 헌정하는 순서로 진행된다.

그래도 이곳 호주에서는 코로나 역병으로 인한 사망자가 그리 많지 않아 참석인원을 10명으로 제한한 장례를 치르도록 하고 있지만 유럽과 같이 급증하는 사망자를 다 처리할 수 없는 나라에서는 시신을 담은 관을 집례자가 차례로 단 5분 동안 간단한 기도만을 하고 장례를 마친다고 하니 그 유족의 애통함은 말로 표현할 수 없을 정도로 슬픈 장례식이 되고 마는 것이다.

이 코로나는 그 사망률이 다른 역병에 비해 낮다고 하지만 아직도 5% 내외를 유지하고 있는 점이 노인들에게는 두려움으로 다가오고 있다. 특히 70대 이상의 사망률은 20%를 넘고 있으니 80에 이른 우리 부부는 자식들의 닦달이 아니더라도 각별히 조심하고 있는 형편이다.

만에 하나 이 역병에 노출이 된다고 하는 가정을 해 보았다.

어느 날 앰뷸런스가 와 방호복을 입은 사람들에 의해 내가 병원으로 이송된 후 치열한 치료 과정이 진행되어 살아남을 수 있으면 천행이지만 그렇지 못할 경우 차가운 비닐 커버에 싸여 관에 담긴 후 냉동되어 화장장으로 이송될 것이다.

내가 죽기 전에 하고 싶었던 일들에 대해 나의 배우자와 피붙이들에게 한마디 말도 못 하고 생을 마감한다는 사실이 도저히 상상이 안 된다.

이번의 코로나 역병은 앞으로 많은 것을 바꾸어 놓을 것으로 예상되고 있다. 14세기 유럽인구의 3분의 1을 사망하게 한 흑사병(Yersinia Pestis)이 예술의 후퇴, 사회구조의 변화, 종교의 다양화로 영향을 주었듯이 이번의 코로나 역병 역시 세계 정치질서의 재편, 미국의 국제적 역할 변화, 종교의 혼란 등 지금으로써는 상상할 수 없는 여러 가지 일들이 일어날 것으로 추측된다.

그중에서도 사람이 죽어감에 따른 장례 절차의 변형은 남겨진 사람들의 마음에 커다란 충격을 주어 변형된 종교 특히 기독교의 변질이 크게 우려되고 있다. 숭고한 인간생명의 존중의식은 점차 사라지고 하나의 물성으로만 취급되는 인간의 존재가 참으로 우려되는 시대에 우리는 살고 있다.

22. 나의 임종모습

까마귀 세 마리가 나뭇가지에 나란히 앉아 있었다. 그중 한 마리를 두고 두 마리가 연신 먹이를 먹이고 있다. 어미 까마귀가 죽기 얼마 전쯤 되었을 때 새끼 까마귀가 그 어미에게 먹이를 주고 있는 모습이다. 동물들은 새끼를 낳은 후 일정기간 성장할 때까지 그 새끼를 돌보아 주지만 어느 정도 자연에 적응할 때쯤에는 먹이도 주지 않고 버려 버리는 모습에 비하면 이 까마귀는 신통하기까지 하여 이를 반포지효(反哺之孝)라고 이르고 있다.

나의 어머니는 아버지가 가신 후 한동안 자신을 가누지 못할 정도로 충격을 받으셨다. 평생 옆에서 큰 나무로, 바람막이로 서 있었던 짝이 없어진 사실을 받아들이지 못하고 미몽에서 헤매고 계셨다. 시간이 가면서 그것이 현실임을 알 때쯤 치매가 오기 시작했던 어머니는 결국 요양병원에서 삶의 마지막까지 사셨다.

한국을 떠나 살고 있던 나로서는 어머니의 마지막을 알뜰히 챙겨드리지 못한 것이 한이 되어 무리를 해서라도 자주 귀국하여 계시던 요양병원을 찾았지만 그때마다 어머니의 애끓는 눈길을 나는 바로 보지 못했다.

"큰애야, 나 집에 가고 싶다."

애절한 하소연과 간절함이 배어 있는 어머니의 갈라진 음성이 아직 나의 귓전에 처연한 메아리로 남아 있다. 6남매를 키워 짝을 맞추어 보낸 이후 아버지와 함께 사신 세월이 짧지 않은 그 안방과 거실, 익숙한 가구들이 눈에 어른거리는 것은 대부분의 노인들이 그러하듯이 낯선 환경을 대할 때마다 익숙해 있던 옛날 그 모습이 생각나서 그때 그곳으로 돌아가고 싶어 나타나는 귀소본능일 것이다.

생전 처음 접해 보는 요양병원의 생소한 환경을 대하면서 마음으로는 얼마나 집이 그리우셨을까하는 생각을 지울 수 없다. 다만 자식의 편리함만을 생각하고 요양병원행을 강요당했을 때의 좌절감을 어떻게 극복하셨는지 가늠이 안 된다. 아마도 거역할 수 없는 운명으로 여기며 자신의 무기력증에 회한의 눈물을 감추며 따르셨을 것이다.

우리 부부는 지난 30년 넘게 살았던 멜버른의 이 집을 처분하고 자식들이 있는 시드니로 이사를 가야 하는 처지가 되었다. 이 집은 이민 와서 처음 구입한 집이고 집에 불이 나서 증축한 집이며 우리 자식 넷을 짝을 맞추어 준 보금자리이니 어느 한곳도 우리 부부의 눈길이 가지 않는 곳이 없고 정이 들지 않은 가구가 없는 집이다.

자식들 옆으로 가면 우리가 힘이 빠지고 판단력이 떨어져 혼자 아무것도 할 수 없다고 여길 때 그 자식들 역시 우리를 요양원(Nursing Home)으로 보내지 않을까 두려워진다. 나는 내가 살았던 곳, 익숙한 곳에서 눈을 감고 싶은 것이다. 온갖 호스를 몸에 붙이고 의식이 없이 병원에 누워 있다가 아무 말도 못하고 낯선 병실에서 홀로 세상을 떠나기는 싫다.

지팡이를 짚어서라도, 휠체어를 타고서라도 살던 집에서 익숙한 가구를 쓰면서 바깥세상으로 나들이를 하면서 자유를 누리는 삶이 가장 좋은 인생의 로망이다. 세상과 차단된 환경이라면 그곳이 아무리 편리하고 좋은 환경이라도 길가에 버려진 돌멩이보다 못한 법이다. 자의든 타의든 자유를 차단당하는 형벌이 얼마나 두려운 고통인지는 환자가 되어서 창밖을 바라보면 금방 깨닫게 되는 이치이기에 나는 내 집에서 웃으며 천국에 가고 싶다.

새장의 새는 아무리 목청을 뽑아도 그건 노래가 아니라 울음이다. 갇힌 새가 되어 처절한 울음을 노래로 듣는 자식들이 아니라 힘 빠진 제 어미에게 먹을 음식을 물어 나르는 새끼 까마귀 같은 자식이 있어 마지막까지 손잡아 주는 그런 죽음을 기대해 본다.

23. 생전 장례식

서경대 서길수 교수(75)는 생전 장례식을 치르기로 한 경험을 신문에 발표한 적이 있다. 고인도 영정도 없는 장례식을 어떻게 치렀는지 궁금했다.

"나는 늘 마음에 죽음을 새기며 하루를 살아가고 있습니다. 자식들에게 할 유언을 준비하다 생각했습니다. 죽은 뒤 찾아오는 사람들이 무슨 의미가 있겠습니까, 내가 살아서 조문 온 사람들을 직접 만나보고 가는 게 좋겠습니다. 그러려면 장례식을 살아서 해야 했습니다."라고 그는 설명하고 있다.

카톡으로 부고를 날린 후 1주일간 연락이 없으면 성공적이라고 생각했다고 한다. 평소 자신에게 큰 관심이 없어 부고를 받고도 연락할 마음이 없어진 것을 알았으니 다행으로 생각했다는 것이다. 매우 엉뚱한 시도라고 생각되지만 일면 의미가 있는 생각이라고 여겨지기도 했다.

고국을 떠나 먼 나라에서 오래 살다 보니 나이가 들면서 원하지 않게 원로의 대열에 끼이게 되면서 주위의 죽음을 자주 보게 된다. 가깝게 지내던 친구도 있고 어른으로 대접해 드리던 노인도 있어서 영결식 예배 때에는 순서를 부탁받는 일도 있다. 그 때마다 늘 이런 장례식이 당사자인 고인은 어떻게 받아들일까 하는 의문이 남아 있었다.

남겨진 유족들만 슬프고 애통해 하지만 그 사랑하는 마음을 그들은 고인이 살아 있을 때 얼마나 표현하고 살았는지 그리고 얼마나 이런 시간을 예상하고 있었는지를 되새겨 보곤 한다. 누구나 죽음이라는 사실을 인식하고 있지만 그 죽음을 당하면 늘 급작스런 죽음이라고 하면서 후회하는 것이 인간이라고 한다면 죽음을 미리 당겨 보는 일도 의미 있는 일이라고 할 수 있을 것이다.

지금 그 위세를 한껏 떨치고 있는 코로나 역병으로 나라마다 그 사망자의 처리에 골머리를 앓고 있는 이때 장례식이 어떻게 치러지는지가 우리의 눈길을 끌고 있다. 평상시 호주 같으면 장례식은 으레 교회나 성당에서 절제된 형식으로 엄숙하게 진행되지만 요즈음같이 역병으로 많은 사람들이 죽어나가면 그 상황은 많이 달라질 것이다.

유럽 특히 이탈리아 같은 나라에서는 하루에도 수백 명씩 사망자가 나오다 보니 격식을 갖추어 치러질 수 없어 한 줄로 서서 성직자가 5분 정도 간단한 영결기도로 대체한다고 하니 떠나는 영혼도 제대로 정신을 못 차린 채 허겁지겁 이 세상을 떠나가는 형국이 된 것이다.

사실 사람들은 각종 질병으로 생사의 기로에서 마음고생을 하지만 병 그 자체보다 걱정으로 더 많이 죽는다고 한다. 인도 순례 길에서 만난 페스트가 말하기를 '내가 가서 도시인구의 1/3을 죽이기로 작정했는데 2/3가 죽어 버렸다. 생각보다 더 많은 사람이 죽은 것은 죽은 사람의 절반은 놀라서 지레 죽은 것'이라고 했다.

장례식 다음 절차는 자식들 몫이다. 영결식하고 입관하고 땅에 매장하는 제반 절차야 시간이 가면 다 진행될 것이니 그리 염려할 일이 아니지만 장례의 주인공이 남겨진 유물이나 유산이 많으면 많을수록 그것이 어떻게 분배될 것인가에 머리가 더 빨리 회전하는 것이 보통이다. 여기에 생전에 형제들 간 원망스러운 일들이 엉켜 있으면 그다음 순서는 각자 전투태세로 돌입하게 되는 형세 반전극이 치러지면서 장례식의 모든 절차가 끝나는 것이다.

죽음은 과일이 익어서 떨어지는 현상이라고 했다. 그래서 죽은 후 문상을 오는 사람들의 마음은 그리 슬프지 않다는 사실을 안다면 굳이 죽어서 장례식을 해야 할 이유가 없는 것이다.

장례식에 오는 사람들은 약간의 슬픈 표정을 하고 육개장 먹고 가는 날이 장례식이라는 인식이 다일 것이기 때문이다. 그래서 장례식은 고인을 마지막으로 보내는 가면 무도장이라고 할 수 있다.

24. 마지막 때 입원하기

얼마 전 내 또래의 둘째 사돈이 세상을 떠났다. 평소 지병이 있었지만 음식조절과 운동으로 일상생활에는 큰 어려움이 없었는데 건강검진 결과 암(담도암)이라는 진단을 받고 더욱 섭생에 조심하고 있었는데 수술을 받는 과정에서 사망하게 되었다고 했다.

본인은 수술을 그다지 원하지 않았으나 자식들이 서둘러서 한 수술이 그만 잘못되어 영면의 길로 접어들게 된 그분을 생각하면서 죽음이 이제는 바로 내 곁에까지 와 있다는 느낌을 지울 수 없게 되었다. 앞으로 3, 4년 더 산 후에 내가 병원 신세를 질 때를 생각하면 소름이 끼칠 정도로 두렵다.

회복할 수 없는 병이 찾아왔을 때 내 옆에 있어야 할 사람이 없으면 누구의 손을 잡아야 할지, 자식들은 나를 차가운 병실에 그냥 놔두면서 호흡이 끊어질 때만을 기다릴 텐데 그때는 아무 일도 할 수 없는 나는 천장만을 바라보며 숨을 몰아쉬고 있을 것이다.

누구나 마지막 병상에서는 자신의 핏줄들에 둘러싸여 한 사람씩 안아도 보고 손도 잡으면서 "그동안 고마웠다. 행복하게 잘 살아라"라고 하는 아름다운 대화를 나누기를 원하지만 그러지를 못한 경우가 태반이라고 하니 나라고 예외를 바란다는 것이 부질없는 소망이라고 하겠다.

집사람의 오랜 입원생활 그리고 나의 열흘간의 폐렴 집중치료를 경험한 나로서는 병원이라는 공간에 대한 두려움 때문에 가능한 한 병원을 멀리하고 싶다. 하루 세 번 제공되는 식사는 생전 먹어 보지도 못한 음식이라 입에 맞지 않아 거의 손을 대지 않다 보니 하루에 체중이 5백 그램씩 줄어들어 퇴원할 때쯤에는 혼자 힘으로 일어설 수 없을 만큼 기력이 쇠하여져 있었다.

흰색의 벽과 차단된 공간 그리고 기계적으로 움직이는 의사와 간호사의 지시에 따라 움직여야 하는 규칙 때문에 자존감은 물론 나의 의지는 처참하게 무시되는 곳이 병원이다. 어쩌다 한 번씩 오는 담당의사는 알아들을 수 없는 의학용어로 설명해 주는데 도무지 이해가 되지 않아도 알아듣는 척을 해야 하는 일이 나를 더욱 곤혹스럽게 만들었다.

하고 있던 일들 그리고 하려고 했던 일들이 실타래처럼 엉키어 갈피를 잡지 못해 머리는 '혼돈의 극치' 상태일 것이고 하고 싶은 말이 있어도 들어줄 상대가 없다는 사실에 절망하고 의례적으로 찾는 자식들은 '얼마를 더 기다려야 끝이 날까'라고 하는 안타까움에 나의 안색을 살피는 일에 더 관심이 있을 그 모습들을 보면서 더 이상의 미련은 부질없는 일이라는 사실을 절감하게 된다.

그래서 죽음은 피할 수 없는 엄연한 사실이며 삶의 마지막에 겪어야 하는 필수 과정이라는 사실을 받아들일 준비가 필요한 것이다. 마지막에 해야 할 일들을 미리 알아두고 어떤 절망적 상황이 오더라도 미리 준비하는 일들이 필요한 것이다.

병원으로 가기 전까지라도 집을 정리해서 밥걱정, 살림 걱정을 덜어줄 수 있는 실버타운 같은 곳으로 생활공간을 바꾸는 일도 고려해야 하고 내가 남기고 갈 물건을 정리하는 일 그리고 나를 알고 있는 사람들과의 마지막 인사 같은 일들이 앞으로 해야 할 일일 것 같다.

삶은 죽음으로 향하는 행진이라고 한다. 평소 준비해 둔 사람과 그렇지 못한 사람과의 차이는 죽음에 임하는 모습을 보면 알수 있다고 한다. 허둥대다가 생을 마치는 사람은 그 마지막에서도 허둥대지만 미리 준비한 사람은 차분한 제2의 삶인 미래의 또 다른 세상을 선하게 받아들인다는 사실이 오늘 나에게 다가오는 절절한 화두이다.

25. 유언과 유산

노년에 이르러 자신이 죽을 때를 미리 예상해 보는 사람은 그리 흔치 않다. 죽을 때 죽더라도 미리 죽는 모습을 떠올리는 것 자체가 재미없다고 생각하기 때문이다. 그렇지만 간혹 자신이 죽는다고 가정하는 일은 불현듯 그리고 순간적으로 스쳐 지나가는 광경이긴 하지만 그때마다 자신은 병상에 누워 죽 둘러앉은 자식들을 보며 한 사람씩 손이라도 잡아 보고 할 말을 다 하고 죽는다는 상상을 하곤 한다.

죽을병이 들어서 병원에 입원하면 중환자실과 일반 병실을 오가다가 어느 날 밤 주위에 아무도 없는 차가운 병실에서 홀로 숨을 거두는 사람이 거의 90%에 이른다고 한다.

그래도 죽을 때 자신의 집에 와서 운명을 하는 행운이 따르는 사람도 병석에 누워 혼자 숨을 거두는 것이 통례라고 하니 격식을 갖추어 죽음을 맞이하는 사람은 흔치 않는다고 하겠다.

이렇다 보니 자신이 이 세상에 있을 때 그리고 정신이 온전할 때 자식이나 배우자에게 할 말을 미리 준비해 두는 것이 그래서 중요하다고 하겠다.

유언은 자신의 사망과 동시에 일정한 법률효과를 발생시킬 목적으로 행하는 단독 행위이자 요식 행위이지만 결국 죽음에 임박하여 유족에게 남기는 말인데 그 유언장은 본인의 사후에 법적인 의미를 가지게 되는 것이 보통이다.

부모가 자식의 짝을 맞추어 가정을 이루어 살게 하면 그 자식의 자식들이 초등학교를 마치고 중학교에 들어갈 때쯤부터는 자신도 모르게 부모가 남겨 줄 물질에 관심을 갖는 것은 당연한 현상인 듯하다.

결혼하고서 얼마 동안은 재산이라든가 돈에 관한 한 특별한 관심이 없다가도 집장만과 아이들 학비로 조금씩 가정경제가 팍팍해질 때쯤 되어서는 물질의 부족함을 피부로 느끼면서 돈 되는 곳에 눈길이 가는 것은 자연적인 흐름이라고 생각된다.

그 부모가 부동산이 많고 현금이 많은 재산가일 경우는 그 자식들의 눈에 핏발이 선다. 독자일 경우는 예외가 될지 모르나 여러 명의 자식을 둔 부모는 그때부터 자식들의 술수에 으레 몸살을 앓기 시작한다. 때로는 형제간에, 남매간 그리고 자매간 칼부림도 나며 심하면 살인까지도 일어나 집안이 콩가루가 되는 예가 우리 주위에는 드물지 않다.

그래도 그 부모가 많은 재산을 가지고 자식들을 잘 조정해 왔던 상황이면 조금 다른 양상이 나타난다. 그 부모가 죽을병이 들어 병원에 입원을 하고 있을 때면 자식들의 표정은 희비가 교차하는 복잡한 표정으로 변한다.

육친의 부모이니 세상을 떠난다는 슬픔은 있겠지만 이는 곧 돌아올 유산을 계산하면서 그 슬픔은 겉으로만 나타나며 머리는 빠르게 계산하는 고속 컴퓨터가 된다. 부모는 그 자식을 키울 때의 기억을 고스란히 간직하고 있지만 그 자식들은 눈앞의 광경이 더 중요하다 보니 과거 부모의 사랑은 별로 생각나지 않는 것이 비극의 단초가 되는 것이다.

이에 반하여 가난한 평생을 살아오면서 자식들 모두 출가시킨 부모는 변변히 물려줄 재산도 없다 보니 늘 자식들에게 미안한 마음으로 괴로워한다. 그 자식들 중 어느 하나라도 살림이 어려 우면 꼭꼭 숨겨 두었던 쌈짓돈까지 털어 주려고 하지만 늘 마음 뿐인 것이 안타까울 뿐이다.

이런 부모는 특별히 유언이라고 써 둘 것이 없기도 하지만 자 식들의 모습은 감동 그 자체가 되게 마련이다. 자식들 간의 우 애가 남달라 장례를 치르는 동안 서로를 위로하며 보듬는 모습 에서 더 많이 가지고 더 많이 배운 사람들보다 훨씬 인간미가 배어 있는 휴먼 드라마가 된다.

제3부

이민 1세의 호주 살이

1. 왜 호주인가

80년대 중반까지 젊음을 불태웠던 강원도 현장을 박차고 서울로 나올 때만 해도 나는 젊음의 열정이 남아 있어 또 다른 도전을 해 볼 요량이 있었다. 그러나 새로운 직장에서 접하게 된 사회적 부조리와 부정부패 그리고 인간의 존엄성이 인정받지 못하는 현실은 강원도 현장에서 땅만 보고 일에 매달렸던 순박한 세상과는 영 딴판이었다.

원래 나는 한국의 경이적인 발전과정의 중심에 있었지만 그 발전 속도에 미치지 못하는 사회적 정의와 도덕에 안타까워했으며 고속성장의 그늘 속에 독버섯처럼 일어나고 있는 투명하지 못한 사회 분위기가 마뜩찮았고 특별히 인간의 존엄성이 훼손되는 모습에서 한국에 대한 애착은 점차 엷어 가고 있었다.

마침 해외 자원개발 업무를 맡고 있던 나는 캐나다 지사장으로 재직하면서 딸들에게 서구 교육제도를 접할 기회를 허락하게 된 것이 한국 밖으로 눈을 돌리게 된 계기가 되었다.

그 딸들은 귀국 후 한국에서의 적응에 어려움이 있었는데다가 늦둥이 아들을 포함하여 자식 넷을 둔 나로서는 그 자식들의 미래를 고려해야 했으므로 이민이라는 결단을 하지 않을 수 없게 되었던 것이다.

캐나다를 비롯한 선진국을 잠시 체험해 본 나로서는 호주라는 나라가 한국 사회와는 근본적으로 많은 차이가 나는 것을 알게 되었다. 인간의 생명을 존중해 주는 사회이고 부정한 돈이 유통되지 못하는 투명한 사회이며 개인의 존엄성을 최대한 존중해 주는 환경이라는 점이 나의 마음을 사로잡았다.

이에 더하여 교육제도 또한 과밀학급이나 학원의 치맛바람과 사교육이 없고 개인의 역량과 개성을 충분히 발휘할 수 있는 시스템이라는 점에서 자식 넷을 둔 나로서는 자식들을 훌륭히 키울 수 있는 이상향으로 다가왔던 것이다.

여기에 미세먼지나 황사와 같은 환경 저해요인이 없어 늘 쾌적한 가운데 여름과 겨울의 온도차가 거의 없어 사람이 생존하기에도 적합한 자연환경으로 인해 호주는 세상의 파도에 지치고 이를 거역할 수 있는 힘을 기르지 못한 나로서는 미래의 땅으로 보였던 곳이었음을 부인할 수 없기도 했다.

그렇게 시작한 이민 그 이후는 고통의 암흑한 터널을 거치면서 삶의 밑바닥에서 생존을 위한 사투 현장을 고스란히 밟아 온 힘든 이민생활을 해서인지 현실과 환상이 교차하는 30여 년을 한순간에 보낸 듯하다. 그렇게 한 세월이 간 것이다.

앞으로 남아 있는 시간이 얼마나 될지 추측해 보면 어렴풋이 짐작이 된다. 올해로 내 나이가 80순이다. 인간의 평균수명으로 보더라도 앞으로 2년 많아야 5년 이상을 기약하기 힘들 것이다. 이 시간이 너무 짧은 시간으로 여겨진다. 이 시간 동안 맺혀 있는 매듭을 풀 수 있을지 번거로운 생각으로 잠을 설치기 일쑤다.

다만 내 육친의 부모를 두고 멀리 떠나야 하는 어려움이 있었으나 글로벌 시대가 한 사회를 이루고 있는 21세기에는 이마저도 극복할 수 있는 문제였기에 기꺼이 이민을 감행했지만 20세기의 폐쇄된 사회에 갇혀 살고 있는 나의 부모, 형제들은 여전히 그 한계를 극복하지 못하고 나에게 제 살길만을 찾아 나섰다는 누명을 씌우는 바람에 나는 영락없는 불효자로 낙인찍히고 말았다.

이렇게 부모, 형제간의 애증이 실타래처럼 엮여 있는 내 조국 내 고향은 더 바라볼 수 없는 동토의 땅이 되어 멀어지기만 하고 내 자식들이 모두 이 호주 사회에 뿌리를 내리며 살다 보니 내가 발을 디디고 있는 이 호주 땅이 내 조국인지 갈피를 잡지 못하고 나의 마지막 삶은 점점 더 어설퍼지기만 한다.

2. 이민 34년

1989년 6월 5일 우리 가족 여섯은 김포공항을 떠났다. 그로부터 34년이 지났으니 한 세대를 호주에서 살았다. 유치원을 다니던 코흘리개 막내가 지금 40을 넘긴 두 아이의 아비가 되었으니 짧지 않은 세월이었다. 그 위로 딸 셋은 먼저 출가하여 가정을 이루었고 그렇게 둘로 시작한 내 핏줄들이 모두 열여덟 명으로 늘어났다.

이 34년은 나의 인생 80년 중 가장 가혹하고 힘들었던 시간이었으며 나의 삶 전체를 질곡으로 만들어 버린 얼룩진 시기였다. 학업을 마치고 직장 생활을 시작한 후 결혼하고 아이들을 낳아 가정을 이루는 그저 평범한 일생을 마칠 줄 알았는데 그 중간에 이민이라는 격변을 통과하면서 나의 인생 스케줄은 헝클어지기 시작했다.

이민을 와 처음 10여 년은 살기 위하여 죽을힘을 다하며 산 세월이었다. 처음 시작한 생업이라는 것이 여섯 식구의 먹을거리를 마련하기 위한 구멍가게였다. 하루 14시간 이상 혼신의 힘을 다해 운영했지만 생전 해 보지 않았던 일에다가 이질적 문화에 제대로 적응하지 못해 경제적 손실뿐만 아니라 몸마저 만신창이가 되었던 시간이었다.

그 다음의 10여 년은 입에 풀칠이라도 할 수 있었던 생업마저 손해를 보고 처분한 후라 생존의 위협을 느껴야 했던 고통의 시간이었다. 이에 더하여 집에 불이 나는 사건(?)을 비롯하여 막노동도 해 보았고 실업수당이라는 정부시혜에 기대어 보기도 하면서 버텨 보았지만 기초생활도 유지하기 힘들었던 때였다.

그리고 마지막 10여 년은 정부의 연금 혜택을 받을 수 있어서 한숨을 돌릴 수 있었던 때였기 때문에 겨우 작은 안정을 찾을 수 있었던 시기였다. 그러나 딸 셋이 모두 결혼적령기가 되어 짝을 맞추어야 하는 긴박한 때에 다행히 좋은 사돈을 만나 큰 어려움 없이 세 딸을 한국 사위들에게 출가시킬 수 있었던 것은 하나님의 은혜가 아니고는 설명할 길이 없다.

그렇게 보낸 마지막 10년 동안 나는 겨우 내 본연의 모습을 추스를 수 있었다. 교회에서는 장로로, 교민사회에서는 한인 회장, 민주 평통회장 등 교민지도자로 자리를 잡아 가기 시작했다.

신앙서적도 네댓 권이나 펴내면서 나의 신앙적 모습을 갖출 수 있었고 호주는 물론 한국의 몇몇 교회에서 간증집회도 가지면서 인생의 찬란한 마지막을 준비하는 귀한 시간이 되었다.

그러나 그 마지막 때인 2021년을 막 시작하는 1월, 32년간 살았던 멜버른을 두고 자식들이 살고 있는 시드니로 둥지를 옮기는 제2의 이민인 이사를 감행했다. 아비 어미가 80에 이르니까 시드니에 살고 있는 3남매가 불안하다며 이사 오기를 원했고 우리 부부 역시 노년의 어려운 상황에 대처하기 위해 이사를 가야 한다는 생각을 하게 되었던 것이다.

노년에 하는 이사는 나에게는 이민과 비슷한 어려움이 있었다. 30년 넘어 쓰던 물건을 싸는 일에서부터 무엇을 버리고 어떤 것을 가져가야 하는지의 판단 그리고 터를 옮기면서 뒤따르는 행정절차 등이 두서없이 머리를 혼란스럽게 만들었기 때문이다.

다행히 자식들이 미리 와서 세간을 버리는 일부터 짐 싸는 일과 이사에 따른 수속을 맡아 해 주었기 때문에 한결 수월했지만 문제는 단독주택에서 아파트로 이사하는 것인 만큼 세간을 얼마나 버리느냐에 달려 있었다.

처음 정착한 멜버른과 늦은 나이에 터전을 옮겨온 시드니는 호주 2대 도시이다. 각 도시마다 나름대로 특색이 있어 어디가 더 살기 좋은 도시인지는 가름이 안 되지만 이민생활의 대부분을 보낸 멜버른이 우리 가족에게는 더 애착이 가는 도시이다. 그렇게 우리 가족은 올해로 이민 34년을 맞고 있다.

3. 노인들의 천국, 호주

한국으로부터 1만 킬로미터 이상 남쪽으로 떨어져 있는 호주라는 대륙은 대륙이라기보다 큰 섬이라고 할 수 있다. 사방으로 큰 대륙과 연결되어 있지 않다 보니 유럽이나 북미 심지어 아시아와도 동떨어져 있어 이들의 문화가 신속하게 전해지지도 않지만 비교적 짧은 역사에서 보듯이 유럽에 그 기초를 둔 탓에 서구문물로 시작한 이 나라는 나름의 이렇다 할 문화도 없고 전통 또한 없는 것이 특징이라면 특징이다.

대륙이 지정학적으로 가장 가깝다고 하는 아시아에 속해 있으므로 스스로 아시아 지역이라고 하지만 처음부터 유럽, 특히 영국인으로 시작된 이주 탓에 모든 문화의 근저는 유럽 일변도이다.

다만 최근에 와서 중동이나 중국, 동남아시아로부터 급속한 이민의 유입으로 전통 유럽의 기독교 문화에 이슬람문화나 불교문화가 섞이면서 조금씩 그 순수한 유럽 문화가 허물어지는 느낌을 받을 때가 많다.

그러다 보니 호주인들의 일상 모습은 바삐 살아온 한국인의 눈에는 속이 터질 정도로 느려 터진 슬로 모션 동영상으로 비친다. 걷는 모습도 바쁠 것이 없는 산보 수준이고 어디를 가든지 두 명 이상이면 줄 서는 데 이골이 나 있고 지하철이나 큰 건물의 계단이나 에스컬레이터에는 뛰어 가는 사람을 볼 수 없는 만사태평한 천국의 나라다.

운전을 하다 보면 이런 현상은 피부로 와닿는다. 3차선이나 4차선 도로에 차가 신호등에 걸리기라도 하면 옆 차선이 텅 비어 있는데도 한쪽 차선에만 몰려 있는 것은 자신이 가려고 하는 방향을 그대로 가려고 하는 고지식한 습성과 불가사의한 비효율성 때문에 눈치에 익숙한 우리들에게는 불로소득에 가까운 덕을 보는 일이 흔하다.

계절에 관계없이 편하게 살아가는 호주인들의 일상 또한 이민자들에게 편하게 다가온다. 계절의 온도차가 크지 않은 날씨 탓에 여름이나 겨울이나 간단한 청바지 하나면 거뜬히 1년을 날 수 있는 편리함이 있다.

계절에 따라 바꾸어 입어야 하는 옷에 대한 선택이 큰 부담으로 다가오는 한국하고는 영 딴판이니 이 또한 이민자들에게는 경제적으로 상당히 도움이 된다.

공권력이 확실하게 실현되고 있기 때문에 노인들이 더 보호되고 있는 점도 살기에 편한 점이라고 할 수 있다. 노인들은 사회적 약자이기 때문에 어디를 가든 우선권이 주어진다. 주차장에는 장애인 주차 공간 옆에 노인 주차장이 따로 설치되어 있는 곳도 있어 편리하고 노인들이 어린이와 여자들과 함께 노약자로 취급됨으로써 대우를 받고 있다.

무엇보다도 노인들에게 살기 좋은 나라라는 점은 사회보장제도가 완전하리만큼 구비되어 있다는 점을 들 수 있다. 일정 연령(현재는 65세)에 이르면 정부에서는 개인의 자산을 검증한 후 최소 생활비를 지급하기 때문에 특별한 부채를 지지 않는 한 작은 여유를 누리며 살아갈 수 있다는 생활 안전망이 확실히 보장되어 있다는 점을 들 수 있을 것이다. 여기에 더하여 병치레에 따른 비용 또한 전 국민 보험 제도에 따라 특별한 경우를 제외하고는 모두 무료라서 호주가 노인들에게 딱 어울리는 나라라고 할 수 있다.

그러나 호주는 노인들에게 반드시 살기 편하다고 할 수 없는 일들도 더러 있다. 병원에 가는 일에 친숙한 노인들에게는 느려도 한참이나 느린 속도가 마냥 좋다고만 할 수 없다. 급하게 X-Ray 한 번 찍으려고 해도 먼저 가정의로부터 검사 의뢰서(Referral Letter)를 발급받는 일에서부터 시작된다.

그 의뢰서를 가지고 촬영 기관에 예약을 한 후 촬영을 하고 그 결과를 다시 담당 가정의에게 전달하면 그 의사와 다시 면담 예약을 한 후에 결과를 받아 볼 수 있는 다단계 절차로 되어 있다. 그래서 호주에서는 '성질 급한 사람은 기다리다 죽는다.'라는 말이 있을 정도로 속이 터지는 노인들의 병 치료 절차이다.

힘이 빠지고 동작도 민첩하지 못한 노인들이 이렇게 느려 터진 속도이지만 그래도 지킬 것 다 지켜가며 사회 안전망이 철저하게 지켜지는 호주 사회가 노인들에게는 살기 편한 나라임은 분명하다.

4. 영어, 그 끈질긴 태클

인간이 동물과 다른 점은 언어를 사용하는 점이라고 어느 인류학자가 언급한 것처럼 언어는 사람이 살아가는 데 가장 필수요건이라고 할 수 있다. 특별히 온 둥지를 생판 모르는 세상으로 옮긴 처지에서는 현지의 언어를 습득하는 일은 생존에 관련된 일이라 제일 우선적으로 해결해야 할 과제라고 할 수 있다.

그러나 그 언어의 습득이라는 것이 그리 쉽지 않다는 데에 문제가 있다. 혀가 다 굳은 상태에서 모국어가 아닌 또 다른 언어를 구사하기란 여간 어려운 일이 아니기 때문이다. 그래서 어린 아이들이 이내 현지어를 쉽게 해 대는 모습을 보고는 자신의 혓바닥에 무슨 그물이 씌었는가 하고 의아해하기 일쑤다.

사람의 두뇌는 18세 이전까지 뇌의 언어영역이 활발히 적응하면서 쉽게 다른 언어를 습득할 수 있지만 그 이상의 나이가 되면 그 영역이 축소되면서 혓바닥은 더 이상 마음먹은 대로 안 돌아간다는 사실을 모르고 처음부터 안 되는 영어로 버티다 보니 그 영어는 언어의 본령을 떠나 생존의 방편으로 전락하고 말았다.

그런 상태로 혀가 굳어지다 보니 이웃들과의 대화에서는 순 콩글리시가 튀어나오고 행여 말다툼이라도 하게 되면 한국 욕부터 먼저 튀어나오니 이민 1세의 영어는 그야말로 국적불명의 영어가 되어 버리게 된다.

그래도 이 사회는 다민족 사회라서 내가 하는 영어를 곧잘 알아듣고 이해하려는 사람들이 대부분이라 그런대로 체면치레는 하고 있지만 자식들 특히 손주들은 이 할아비의 영어에 대해서는 영 마뜩찮은 표정을 짓기 일쑤이다.

처음 호주에 도착하면 제일 먼저 거쳐야 하는 코스가 영어교육이다. 처음 얼마 동안은 정착에 필수 요소인 언어의 습득을 위해 강제성은 없지만 정부에서 무료로 제공하는 혜택이어서 대부분 이 훈련에 참가하게 된다. 주위 환경도 파악하고 호주 사람들이 살아가는 형편도 알아볼 겸하여 우리 부부는 이 코스에 당당히 등록하였다.

처음 등록하는 사람에게는 그 수준을 측정하기 위하여 간단한 시험을 치르게 되는데 그것이 구술테스트가 아닌 독해력 테스트인 것이 나에게는 불행이었다. 한국에서 10년 이상 문법에 통달할 정도로 달달 익힌 실력이 여지없이 발휘되어 거의 100점을 받고 보니 시험관은 아예 나의 영어 훈련 등록을 받아 주지 않았던 것이다.

이때부터 나의 영어회화 수준은 밑바닥부터 새로 시작하게 되었다. 그 영어는 내가 지어낸 엉터리 생존 영어가 되었고 그 후 수많은 시행착오를 거치면서도 나름대로 형태가 갖추어져 지금은 또래 중에서도 대접받는 수준에까지 이르고 있는 형편이다.

그러나 기초 없이 굳어진 영어가 그리 편한 것만은 아니다. 호주 방송을 켜면 그 의미는 대충 알아듣는 정도이지 그 정확한 내용은 알 길이 없고 특히 정치 방송이나 코미디 연속극 같은 장면은 아예 외면해 버리게 된다. 관공서나 외부와 전화로 통화할 경우에는 미리 문장을 머릿속에 준비한 뒤 내 주장만 일방적으로 해 대고 마니 상대방이 얼마나 황당해 할까 늘 염려가 된다.

그래도 이런 일은 약과다. 문제는 교통법규를 위반하여 경찰과 대화해야 할 때가 되면 나의 감각 지수는 최고조로 높아진다. 말 한마디 잘못하면 벌금이 두 배, 세 배로 뛸 수도 있고 더하면 쇠고랑까지 찰 경우도 있으니 '예스'와 '노'의 개념을 파악하느라 진땀을 빼기 일쑤이다.

이런 영어로 한 세대를 거쳤으니 한국의 친구들은 내가 영어 하나만은 휠휠 날 정도로 능통한 줄 여기고 있다. 이웃과의 대화 때에는 그저 일상에 흔히 쓰는 나의 생존 영어로도 충분하지만 논리를 따지고 시비를 가릴 때에는 그야말로 난감해질 수밖에 없다.

시간이 흘러 세월이 가니 이제는 이런 영어마저도 써먹을 데가 흔치않아 섭섭해지기까지 하지만 그 질기고 어려운 나의 영어가 이제는 박물관의 유물처럼 취급되지 않을까 염려스럽기도 하다. 아직 내 시간이 많이 남아 있다고 여기면 여길수록 이 힘든 영어는 내 옆에 딱 붙어 있기만을 소망해 본다.

5. 불통시대

우리 가족이 호주로 이민을 와서 처음으로 어느 가정을 방문했을 때 초등학교와 중학교에 다니는 자녀들과 그 부모가 하는 대화를 듣고는 충격을 받은 일이 있다. 부모가 한국말로 하는데 그 자녀들은 영어로 대답하는 것에 놀랐고 그 자녀들이 영어를 유창하게(?) 구사하는 것을 보고 한 번 더 놀랐지만 더욱 놀란 것은 우리 부부는 그 아이들의 영어를 한 마디도 알아듣지 못하겠는데 그 엄마는 용케도 다 알아듣는 것이 참으로 신통했던 것이다.

이렇게 된 사유를 나중에 알게 되면서 일면 이해가 되는 면도 있었지만 어쩐지 그런 방법밖에 없었을까 하는 아쉬운 생각이 들기도 했다. 처음 이민을 와서는 하루라도 빠르게 이 사회에 정착하기 위해서 의사소통의 기본인 영어를 최단 시간 내에 습득해야 한다는 절박감에 영어 습득에 열을 올려 보지만 이민 1세들의 굳어진 혓바닥으로는 어림없는 이야기이다. 그러나 자녀들은 사정이 다르다. 어린아이들은 천부적인 언어 습득력이 있어 쉽게 영어를 따라 하게 된다.

그래서 이민 1세대들의 생존 방법 중 가장 어렵게 생각하는 것이 언어 구사 능력이다. 언어가 안 되면 하다못해 단순 노동직도 못하게 되어 생존에 치명적인 결격사유가 되기 때문이다. 언어는 대화의 기본 요소가 되며 이는 이웃과의 만남을 통해 이루어지지만 자신의 고유한 언어를 버리면서까지 현지어만을 고집하는 일에는 동의할 수 없다는 것이 나의 생각이다.

현지 언어만 고집해서 성장한 1.5세나 2세 자녀들은 모국어를 포함하여 최소 두 가지 언어를 구사할 수 있는 절호의 기회를 상실함으로써 경쟁 사회에서 우월적 지위를 스스로 포기하는 결과를 초래하게 되는 것이다.

이러다 보니 사회생활의 기초가 되는 가정에서의 대화가 2개 국어 병행 사용에서 오는 감정의 소통이 원활하지 못하게 되고 결국은 외모는 한국인이지만 속내는 호주인으로 자란 자녀들과 부모의 관계는 부모와 자식이랄 수 없는 단순한 동거 관계로 전락하게 된다.

부모와 자식세대 간의 대화에서 언어장벽에서 오는 이질감은 그 아래 세대에 오면 더할 수 없이 어려운 수준에 이르게 된다. 서로 간의 대화는 고사하고 친밀하고 정겨워야 할 할아버지와 손주의 관계가 그저 단순한 지인 관계로 전락하고 만다. 특히 그 아이들이 사춘기에라도 접어들기라도 하면 서로 간의 대화는 영영 불통이 되고 만다.

할아버지가 한국말로 먼저 인사를 하면 손주들은 그저 '하이'라고 한마디 던지는 것이 고작이다. 그래도 애틋한 마음으로 대화를 시도해 보지만 알아듣지 못하는 속사포 영어를 해 대면서 돌아서 버리니 이 기막힌 사태의 잘못을 그 아비 어미에게 물어야 하는지 아니면 스스로의 불찰로 여기며 가슴을 쓸어내려야 하는지 모르게 된다.

호주로 이민을 온 지 한 세대가 훌쩍 넘긴 우리 집의 사정이라고 특별할 것이 없지만 이런 상황을 예견하고 미리 걱정을 했던 것은 사실이었다. 위로 딸 셋은 한국에서 중학교까지 마쳤으니 모국어 사용에 큰 어려움이 없었지만 막내는 당시 유치원생이었으니 신경을 써서 집에서는 영어 사용을 억제한 탓에 그런대로 한국어는 겉으로 표시가 나지 않는 정도까지는 구사하고 있다.

그렇지만 완벽하지 않은 한국말에 늘 대화에 어려움이 따르고 내밀한 속마음을 전하는 일에는 피가 통하지 않는 마른 대화로 당황스러운 경우가 많다. 어쩌다 한국말을 글로 표시하는 일에서는 거의 까막눈이라 영어로 쓴 글을 구글 번역기를 써서 전하는 내용이 국적 불명의 한국어가 되어 곤혹스럽기까지 하다.

문제는 손주들이다. 여덟이나 되는 손주들이 몇몇은 한글학교에도 다니고 대학입시 때 외국어로 한국어를 선택한 덕에 기초적인 한국어 구사에는 별문제가 없으나 그 밑의 꼬물이들은 시드니와 유럽 등 멀리 떨어져 살고 있으니 자주 보지 못하는 탓에 점점 '하이'족으로 발전할까 해서 여간 걱정이 아니다. 저희 아비 어미들 역시 일상에서 편한 영어로만 해 대니 얼마 있지 않으면 우리와는 영 불통의 세대가 되지 않을까 하는 염려가 커지고 있다.

6. 두 나라 사이에서

이곳 호주 TV 방송에 〈Australian Idol〉이라는 프로그램이 있다. 미국의 유명 프로그램을 모방한 TV 흥행물을 보고 있으면서 호주 사람들은 왜 그렇게도 노래를 못하는 국민일까 하고 생각한 적이 있다. 한국의 동네 노래자랑에 나와 부르는 정도의 실력으로 '아이돌'이라는 타이틀을 얻는 프로그램이었기 때문이다.

이런 프로그램을 보면서 한국인의 정서가 깔려 있는 이민자들은 기본적으로 한국 고유의 감성을 가지고 있기 때문에 호주 사람들이 어지간히 잘하지 않으면 눈에 차지 않는 것이 사실이다. 그만큼 한국인의 자질은 세계 어디에 내어 놓아도 뒤지지 않는 천부적인 재능을 타고난 국민임을 알 수 있다.

오랜 이민생활에서는 호주와 한국이라는 국가의 정체성을 자주 혼동하는 경우가 있다. 몸을 의탁하고 있는 호주가 잘되기를 기원하는 마음이 큰 만큼 조국 대한민국도 융성해지기를 비는 마음도 간절한 것은 그 경중을 따질 처지가 아니다 보니 늘 주저하는 마음이 앞선다.

특별히 큰 운동경기 때에는 아무리 살고 있는 호주 팀을 응원하는 마음이 있다고 하더라도 한국과 대결할 때에는 어쩔 수 없이 한국 팀에 기울어지는 것은 우리의 핏줄 속에 면면히 흐르는 한국인의 피 때문일 것이다.

전 세계가 '코로나'라고 하는 미생물에 의해 머리를 된통 얻어맞아 휘청거리고 있을 때 대한민국은 K붐을 일으키는 역설을 만들었다. 멍석을 깔아 주면 신명이 나서 죽을 둥 살 둥 춤을 추어 대는 민족성 때문인지 한민족 문화 속에 숨겨져 있던 것들을 머리에서 발끝까지 미주알고주알 찾아내서 세계를 놀라게 하고 있다.

예전에는 쳐다보지도 못할 세계 정상급 영화제에 작품상은 물론이고 감독상 그리고 여우주연상까지 거머쥐는가 하면 음악계는 이미 세계를 석권한 BTS 그룹이 휘젓고 있고 K-Food라는 이름만 붙이면 날개 돋친 듯 팔려나가는 한식문화 그리고 한지와 한복으로 어우러지는 패션계는 이미 세계를 뒤덮고 있을 만큼 대한민국의 위상이 높아졌다.

이렇게 한국이 달라질 때마다 이민자들의 마음은 복잡해진다. 조국이 세계 10위의 대국으로 성장하는 경이로움에 긍지를 키우지만 마음 한구석에는 "왜 그때에는…"이라는 회한이 저미어 오는 것이다. 나이가 더해 갈수록 고국 대한민국에 대한 향수가 더해지기 때문이다.

이런 혼란한 생각 중에도 내 조국의 미래를 생각하면서 안타까운 생각이 앞서는 것은 나만의 측은지심이 아니기를 비는 마음이 간절하다. 한국과 호주는 그 경제 규모가 엇비슷하다. 2021년 국민 총 생산액이 한국이 1조 8천억인 반면(세계 10위) 호주는 1조 6천억 정도(세계 12위)이니 국민 1인당 소득은 당연히 호주가 2배 정도 높다.

그러나 지금부터 한 세대가 지난 2050년쯤 되면 그 순위가 역전되어 한국은 세계 20위로, 호주가 8위라는 순위 변동이 예상된다는 경제학자의 전망이다. 그 이유는 인구 문제가 가장 큰 요인이라고 하는데 한국은 한 쌍의 부부가 가질 수 있는 출산율이 2023년 현재 0.78명으로 세계 최저를 나타내는 반면 호주는 거의 2명 수준을 유지하고 있기 때문이다.

몸을 담고 있는 호주와 내가 태어난 조국을 비교하는 것은 부질없는 일일지 모르나 미래의 두 나라의 모습을 생각해 본다면 지금 욱일승천하고 있는 대한민국이 호주에 뒤처질 것이라는 예상은 비록 떠나 살고 있는 이민자들이지만 쓸쓸한 마음을 떨쳐 버리지 못하고 있다.

7. 호주의 노후대책

고국을 떠나 산 설고 물 설은 남의 땅에 와서 사는 이민자들은 처음 한동안은 살아 보려고 발버둥을 치다 보니 대부분 자신의 건강 따위는 돌아볼 겨를이 없는 형편이 된다. 하루하루의 생존 문제가 코앞에서 어른거리는 치열한 세월을 한순간처럼 보내기 때문이다.

그렇게 한 세대를 살다 보니 머리는 이슬이 내려앉고 얼굴에 패인 주름은 그 깊이를 알 수 없게 되며 때로는 암에 걸리기도 하고 고혈압과 당뇨라는 병은 어김없이 육신에 달라붙어 병과의 불편한 동거를 하고 있는 때가 이민 1세대들의 살아가는 형편이라고 할 수 있다.

호주의 노인은 통상 65세 이상을 노인(Senior)이라고 정하고 있다. 2018년 현재 전 국민의 약 14% 정도가 이에 해당하며 이들에게 국가에서 여러 가지 편의를 제공해 주고 있는데 예를 들면 교통비 할인, 음식점 할인(일부), 공공요금(전기, 가스, 수도 등) 할인 등을 들 수 있다. 특히 의료부문에서는 전액 국가에서 치료를 담당하고 있어 숨을 거둘 때까지 병원에서 지낼 수 있도록 하는 제도는 노인들의 천국이라는 의미를 대변해 주고 있는 듯하다.

호주 노인들의 일생 주기는 이들의 노후생활을 엿볼 수 있다. 젊어서 직장 생활을 시작하면서 은행에서 대출을 받아 집을 장만하고 열심히 대출금을 갚아 가다가 30년 또는 40년 정도의 직장 생활을 마치면 대출금은 다 갚게 되고 자신이 적립한 연금과 퇴직금으로 노후 생활을 시작하게 된다.

여기서 연금의 불입액이 충분하지 않거나 직장 근무 기간이 짧아 연금이 없을 경우에는 최소 생활비에 해당하는 노령연금을 정부에서 차등적으로 지급하는 제도가 있다. 이 제도로 인하여 노인들은 어떤 경우에도 최소한의 삶을 꾸려 나갈 수 있기 때문에 호주에서의 노후 대책은 정부가 담당한다고 해도 과언이 아니다.

노후생활이 시작되면 보통 부부가 살고 있던 집에서 살면서 해보지 못했던 여행도 하고 취미생활도 하다가(전체의 약 46%) 부부 중 한쪽이 먼저 죽으면 한동안 혼자 살면서(30%) 그 후 살던 집을 매각하여 결국 요양원 생활이나 병원 생활(10%)을 시작하게 되는 것이 평균 호주인의 삶의 패턴이다. 특별히 저소득계층의 노인들에게는 집을 수리하는 데 필요한 비용과 공과금의 특별 할인 제도 그리고 월세를 사는 사람에게는 그 비용의 일부까지 정부에서 제공해 주는 경우도 있다.

최근에는 노인들에게 제공되는 정부의 재정지출이 커짐에 따라 병원 시설과 요양 시설에는 중증 환자들에게만 제공하려는 시도가 있고 대부분 재가 치료로 전환하는 추세이지만 근본적인 노후대책은 정부가 책임진다는 원칙에는 변화가 없다.

이러한 모든 일의 진행은 센터링크(Centre Link)라고 하는 정부기관에서 맡아 한다. 고용과 실업, 의료, 교육, 육아 등 전체 사회보장 업무를 관장하는데 전국에 산재해 있는 127개 지역 사무소에서는 지역 노인 보호평가팀(Aged Care Assistant Team)이 노인들에 관한 모든 업무를 관장하고 있다. 사정이 이렇다 보니 누구든지 실업을 했거나 아프거나 살면서 어려운 일이 생기면 가장 먼저 찾는 곳이 센터링크이다.

40대 중반에 가족을 이끌고 둥지를 옮긴 우리 같은 이민자 처지에서 이런 복지 혜택을 받는 것이 매우 미안한 마음이 들기도 하지만 그간 최선을 다해 이 사회에 봉사하며 기여한 것으로 대체하려는 마음으로 가름하고 있는 형편이다. 지금 한국에서는 노인들의 마지막 10년이 고통의 10년으로 되어 가고 있는 현실에서 호주의 복지제도를 언급하는 것은 도움이 될 수 있겠지만 일면 환상을 제공하는 면이 있어 매우 조심스러운 일이 아닐 수 없다.

8. 인터넷 세상에서 살아남기

세상이 온통 인터넷이라는 요물(?)이 생겨나면서 요지경으로 되어 가고 있는 듯하다. 컴퓨터는 물론 손안에 들려 있는 작은 물건으로 못하는 일이 없을 정도로 세상이 변했다. 젊은이들은 우리가 알지 못하는 것을 미리 다 알고 있는 듯하여 노인들의 기를 죽이고 있다. 옛날에는 노인들의 지혜가 필요해서 대접받으며 살았는데 요즘은 어찌 된 셈인지 젊은이들에게 그 지혜를 구걸해야 하는 뒤집혀진 세상에 우리가 살고 있다.

이런 젊은이들은 구글이나 카톡, 페이스북 등의 방법으로 번개처럼 정보를 얻을 수 있다 보니 노인들이 무슨 일을 작정하고 나서면 이미 끝나 버리는 그 속도를 따라잡기는 애당초 틀린 일이 되어 버렸고 AI를 이용한 사물 인터넷이나 CHAT-GPT까지 만들어 인간의 한계를 넘나드는 수준에까지 이르고 있으니 그런 기술을 따라잡지 못한 우리 노인들은 늦가을 비에 젖은 낙엽 신세가 되어 버린 지 오래다.

내가 국민학교(초등학교) 때 할아버지는 처음 라디오를 보시고는 황당해 하셨다. 전파라는 개념이 없으셨던 분으로서는 당연한 의문이었지만 인터넷이라는 온라인의 세계에 대한 개념이 없어 헤매고 있는 지금의 노인들도 그때나 지금이나 마찬가지이다.

그 옛날 할아버지 세대가 가지고 있던 의문점을 지금의 우리들이 똑같이 가지고 있다는 사실이 우리를 슬프게 한다. 처음 컴퓨터라는 요물이 나왔을 때에는 그 물건은 우리와 상관없는 일이라고 애써 외면해 오다가 주위에 하나둘씩 그 편의성을 알게 되면서 조금씩 배워 흉내를 내더니 이제는 또래들 대부분은 이를 이용하고 있는 형편이다.

그러나 이용이라고 했지만 그저 신문을 보거나 간단한 의사 전달 수준의 지극히 초보적인 적용에 불과한 것이지 그 무한한 활용 가치에 대해서는 전혀 까막눈이다. 전화를 하고 받는 정도만 되어도 그 옛날 동네에 하나밖에 없던 전화기로 온 동네 사람들이 모두 이용해야 하는 불편에 비하면 천지가 개벽된 세상이 되어 걸어 다니면서 전화할 수 있는 것이 어디냐고 하며 놀라워한다.

세상이 좋아져서 아들, 딸들이 마련해 준 스마트폰을 들고 호기를 부려 보지만 실은 그 자식들이 자기들이 거는 전화나 받으며 지내라는 속내도 모르고 좋아하는 신세가 된 것이다. 어쩌다가 사진을 찍거나 인터넷 검색이라도 하려고 그 방법을 가르쳐 달라고 하면 그런 것을 알아서 무얼 하실 것이냐 하고 되레 퇴박만 놓아 버리니 늙음도 서러운데 더 이상 쓸모없는 존재로 전락해 버리는 그 상실감은 첨단 시대에서 겪는 허탈감이다.

그래서 노인들은 이렇게 첨단화된 사회에 최소한의 생존을 위해서 그 품위를 잃지 않는 방법을 스스로 찾아 나설 수밖에 없다. 우선 침침한 눈이나마 크게 뜨고 느려 터진 손가락을 억지로라도 움직여서 공부를 해야 한다. 모르는 것이 있으면 인터넷 검색 기능을 이용하고 구글과 네이버 등 플랫폼도 적극 찾아 나서 공부할 수밖에 없다.

젊은이에 비해 두 배, 세 배의 시간이 걸리더라도 노인들에게 지천에 널려 있는 그 많은 시간을 이에 투자하면 최소한 젊은이들에게 꿀리지 않을 수가 있을 것이다.

차선책으로는 주위에 만만한 젊은이 하나를 포섭해서 이용하는 것도 방법이 된다. 호락호락한 젊은이 하나를 포섭한 후 밥도 사 주고 필요하면 선물도 주어 가면서 그로부터 알 수 있는 모든 정보를 빼내는 것이다.

젊은이들은 노인들이 베푸는 호의에 의외로 약한 존재이니 물심양면으로 공략하는 일이 그리 어렵지 않아 잘만 활용하면 최소의 비용으로 최대의 효과를 얻을 수 있는 방법이 될 것이다.

노인은 호기심과 열정을 잃어버리면 그날로 죽음이 소문 없이 찾아든다고 한다. 숨을 쉬는 한 무언가 찾아보고 해 보고 도전하는 일이 노인들에게는 더욱 필요한 일이라는 점을 기억하면서 이 첨단 시대에 노인들이 살아남기 위한 최소한의 비결은 끝까지 도전한다는 끈기를 가지고 살아가는 자세가 필요하다고 하겠다.

9. 우리 집 이야기

늙은 부모가 지키고 있는 시골 고택을 소개하는 KBS〈인간극
장〉프로그램을 본 적이 있다. 나로서는 근 70여 년 전에 겪었
던 나의 고향 칠곡(漆谷)의 풍경이 겹쳐져 아련한 추억에 젖어
들게 만든 프로그램이었다.

경상도 구미의 해평 마을에 있는 300여 년이 넘는 고택을 지
키고 있는 8순 부모의 집에 50대 아들이 도시 생활을 접고 들
어와 살아가는 모습이었는데 편하고 간편한 것에 익숙한 현대
인들이 그 불편한 한식 고택을 선택하기가 쉽지 않은 시대에 시
골집을 찾아 들어온 아들이 대견해 보이기도 했다.

현대에 와서는 집이란 원래 가족이 모여 살아가는 생활의 근
거지이고 삶의 터전이라는 개념보다는 부의 축적 수단이 된 지
오래이며 이의 부작용으로 사회정의 확립에 걸림돌이 된 한국
의 '집' 개념에 비추어 보면 시골의 이런 고택은 전혀 투자의 가
치가 없는 대상으로밖에 여기지 않는 것이 현실이다.

호주 멜버른에 있는 우리 집은 이민 온 후 처음 장만한 집이
지만 한 번도 투자의 대상이나 경제적 가치를 생각하지 않고 한
세대를 줄곧 살아오다 보니 우리 가족의 고향 같은 집이 되어
버렸다. 아이들이 모두 이 집에서 성장하고 학교를 마친 후 결

혼하기까지 지켜온 집이기 때문에 우리 집 거실과 복도 벽은 온통 지난 30년의 이력이 고스란히 걸려 있다.

대지가 200평쯤에 2층으로 된 50년 정도의 목조 건물이지만 그간 가꾸고 보살핀 덕에 그런대로 외양이 번듯하다. 얼마 전 처마의 물받이 공사를 해서 비가 샐 염려도 없고 지붕을 붉은색으로 도색을 해서 멀리서 보면 새집처럼 산뜻하게 보이기도 하다.

우리 가족 여섯 식구가 한참 어울려 살 때에는 다섯 개의 방이 모자랄 지경이었으나 모두 짝을 찾아 나가 버리니 지금은 그 빈자리가 커 보이고 앞 뒷마당의 잔디 깎기에 내 허리가 휘지만 그런대로 즐거움으로 삼고 있는 운동이 되었다.

봄에는 동백꽃, 철쭉, 목련으로 시작하여 여름에는 장미, 선인장, 분꽃, 무궁화 꽃이 바통을 이어받다가 가을과 겨울에는 단풍과 제라늄이 모양새를 뽐내고 있어 우리 집은 골목에서 가장 예쁜 정원을 가진 집으로 이름이 나 있다.

뒷마당 울타리에 연하여 손바닥만 한 텃밭 몇 조각은 우리 부부의 놀이터가 되어 상추, 무, 파, 고추, 건대, 아욱 등 계절을 이어 부식의 주요 공급원이 되고 있다.

불이 나서 2층으로 증축해 마련한 나의 서재에서 바라보는 서쪽 하늘은 늘 나에게 감명을 주는 공간이 되어 있다. 여름철에는 해가 왼쪽으로 지고 겨울철에는 오른쪽으로 지면서 만들어 내는 노을은 가히 무엇으로도 바꿀 수 없는 명장면을 연출하고 있다. 이 공간에서 나는 노년에 평생의 소원이었던 그림 그리기에 몰두하면서 늙음의 나태감을 즐기고 있다.

몇 년 전부터 동네 복덕방들이 부지런히 찾아와 집값이 올랐다며 집을 팔라고 권유하는 바람에 한때 자식들이 있는 시드니로 이사 갈 마음을 부추기고 있지만 구석구석 내 손길들이 스며 있는 집을 팔 엄두를 못 내고 있는 형편이다.

그리고 보니 우리 집은 내가 평생에 한곳에 가장 오래 머물렀던 고향 같은 집이다. 이민을 와서 숱한 어려움 속에서도 우리 가족을 지켜 준 처소였고 우리 부부가 갖은 병고에 시달리면서도 우리 가족을 품어 준 곳이라서 그런지 꿈속의 거처같이 느껴지는 곳이다.

특별히 우리 부부는 삶의 기본인 교회가 이곳에 있고 신앙을 키워왔던 이 터를 버리고 간다는 생각을 해 보지 않았기 때문에 우리 힘이 남아 있을 동안은 이곳에서 버텨 보자고 서로 약속하며 지키고 있던 집이었다.

10. 요산요수(樂山樂水)

산이 좋아 산에 가서 풍광을 즐기고 계곡의 물을 음미하면서 세월을 보낸다는 옛 성현들의 풍류 모습을 이르는 말이 요산요수(樂山樂水)일 것이지만 즐거울 낙(樂)자를 왜 '요'로 발음하는지 그 이유를 나는 알지 못한다. 그러나 이 단어가 나이가 들어 세상일에서 놓여나 자연을 탐하게 되는 노년에 딱 어울리는 말이라고 여겨 정이 가는 단어이기도 하다.

산이 있으면 당연히 계곡이 있고 그 계곡에는 으레 물이 흐르게 마련이라 산을 오른다는 것은 그 산 뿐만 아니라 그 속의 물도 함께 즐기는 것이라 두 단어가 늘 붙어 있는 이유가 될 것이다.

호주로 이민을 온 후 한동안은 생활에 바빠 옆을 돌아볼 겨를이 없었지만 70을 넘긴 나이가 되면서 한국처럼 산에 가서 나무도 보고 물도 즐길 수 있는 곳이 없는가 하고 두리번거리게 되는 것은 아무리 땅 설고 물 설은 타국 땅에 와 살아도 한국인의 유전자는 어쩌지 못하는 듯하다.

평평한 대륙으로 알려진 호주이지만 대륙의 남동부에 고즈넉이 자리 잡고 있는 멜버른은 산이 주위를 감싸고 있어 계절의 변화를 가장 잘 느낄 수 있는 도시로 알려져 있다. 그러나 그 산에 가 보면 생각보다 계곡의 물이 한국의 계곡처럼 수량이 많지 않은 것을 알 수 있다. 그러니 요산은 될지언정 요수는 되지 못한 다는 것이 멜버른이라는 도시라고 할 수 있다.

그렇지만 멜버른은 물이 좋기로 소문이 나 있는 도시이기도 하다. 수돗물을 그냥 마셔도 전혀 뒤탈이 없을 뿐 아니라 그 물맛이 그윽하여 거푸 몇 컵을 마셔도 질리지 않는 것이 특징이다. 세계의 어느 도시에 가더라도 이만한 물을 찾기 어렵다고 여기고 있는 우리는 늘 수돗물을 생수로 여기고 마시고 있다.

그 후 멜버른의 수돗물보다 더 좋은 산물이 있다는 것을 알고는 두어 달에 한 번씩 그 물을 길으러 '와부톤' 산에 가는 것이 정기적인 행사가 되었다. 멜버른의 수돗물이나 산물이 어떻게 다른지는 수질검사를 해 보지 않아 잘 모르지만 그 산물은 물통 속에 6개월 이상을 놓아두어도 물맛이 변한다거나 불순물이 생기지 않는다는 것이 그 물의 순수함을 증명하는 것으로 알고 산물을 길으러 가게 되는 것이다.

대부분의 호주 도시가 그러하듯이 높은 산이 많지 않은 것이 특징이지만 멜버른은 다행히 동쪽 시드니로부터 이어 내려오는 큰 산맥의 끝자락에 위치하고 있어 우리 집에서는 자동차로 반시간 정도 가면 산을 볼 수 있기도 하다.

그렇지만 그 산물을 길으러 가는 길은 그 산을 넘어 한참을 더 가야 하는 오지이기 때문에 족히 한 시간이 넘어 걸리는 길이지만 그 길이 멋진 드라이브 코스라서 우리는 이 길을 매번 즐기며 가고 있는 형편이다.

가다 보면 복숭아밭이며 포도밭도 있고 딸기밭도 있어 봄에는 복숭아꽃들이 들꽃과 함께 흐드러지게 피어나는 풍경이 매혹적이다. 지나치는 동네마다 호주 시골의 정경이 포근한 길잡이가 될 정도로 정취가 있다.

동네가 있는 읍내 거리라고 해 봐야 소방서와 경찰서 그리고 은행 한 군데가 전부이고 점심을 파는 카페와 '피시 앤 칩'이라고 하는 생선튀김집에 고물상 등이 백여 미터에 연하여 늘어서 있어서 한번 훑어보는 재미도 있다.

그러나 이런 풍경보다는 길을 따라 옆으로 힘차게 흐르고 있는 개울이 더 여행자의 생기를 불어넣어 주고 있다. 대부분의 호주 개울 같지 않게 물오리가 놀고 있을 정도로 수량이 제법 많아 오랜만에 계곡의 물을 볼 수 있다는 푸근함에 젖을 수 있기 때문이다.

두어 달에 한 번씩 물을 길으러 가는 때에 우리는 도시락을 싸가지고 가서 물통에 물을 가득 채운 후 산을 내려오는 길에 그개울 물가에 앉아 오리도 보고 작은 물고기들도 보며 하루를 보내다 오곤 한다. 그래서 산물을 길으러 가는 이 시골길이 호주에서는 보기 힘든 산과 물을 함께 즐기는 요산요수(樂山樂水)의 길이 되어 우리를 즐겁게 해 주고 있다.

11. 호주의 시골여행

무작정 기차를 타고 시골로 가는 여행은 낭만과 여유가 있는 멋이 있다. 미지의 땅을 밟아 보는 것도 좋지만 가는 시간, 오는 시간에서 보고 느낄 수 있는 것이 참 많기 때문이다. 더욱이 한국 사람과 생활양식이 많이 다른 호주의 시골은 여러 가지 면에서 흥미를 끌고 있다.

무엇을 먹고사는지 그들의 일상은 어떤지 등이 궁금한 점이겠지만 그보다도 그 시골 사람들과 엮어 내는 대화 속에서 순박하고 티 없는 이들의 속마음을 알 수 있어서 더욱 흥미가 있는 것이 호주의 시골여행이다.

섬 대륙 호주에 산 지 30년이 넘었지만 해외여행이랍시고 밖으로만 쏘다녔지 정작 호주의 시골을 구경할 기회가 그리 많지 않았던 우리 부부는 얼마 전 멜버른에서 동쪽으로 약 300km 정도 떨어진 베언즈데일(Bairnsdale)이라는 시골을 다녀왔다.

아침 첫차로 가서 오후 여섯 시에 돌아오니 시간도 넉넉할 뿐 아니라 공원에 앉아 싸 가지고 간 도시락을 펼쳐 놓고 먹는 재미는 어떤 놀이에도 비교할 수 없을 정도로 즐거운 시간을 가질 수 있었다.

호주의 시골은 규모가 작아 읍내 번화가라고 해야 몇 백 미터에 연하여 있는 옷 가게며 카페, 철물점들이 올망졸망하게 배치되어 있어서 한번 훑어보는 재미가 쏠쏠하다. 그중에도 골동품점(Antique Shop)이라도 있으면 헌 가방이라든지 재봉틀, 구식 사진기 등 제법 쓸만한 골동품을 건질 수 있는 행운도 있다. 사람들은 순박하기 그지없어 어디에 무엇이 있는지를 물으면 만사 제쳐두고 앞장서 길을 안내하곤 한다.

우리 부부는 1년에 한 번씩 꼭 이런 시골 기차 여행을 하고 있다. 멜버른에서 서쪽 끄트머리에 있는 워남불(Warrnambool)이라는 곳도 다녀왔고 남쪽에 있는 섬 프렌치 아일랜드(French Island)도 다녀왔다.

이런 여행을 하게 된 계기는 우리가 살고 있는 빅토리아(Victoria)주는 호주에서 가장 작은 주이지만 면적으로는 한반도 크기만 하여 가 보고 싶은 곳이 너무 많다는 이유로 시작하였지만 노인들에게는 정부에서 1년에 한 번씩 무료 기차여행을 할 수 있는 쿠폰을 발급해 주기 때문에 차비도 전혀 들지 않는다는 이유가 더 컸던 것이다.

멜버른 서쪽으로 여행할 때에는 끝도 없이 펼쳐진 들판에 소나 양 떼가 한가롭게 풀을 뜯고 있는 모습이 목가적이지만 몇 시간씩 계속되다 보면 그것도 이내 싫증이 나게 마련이다. 어쩌다 지나치는 역은 우리나라 시골 버스정류장보다도 못한 규모에 사람의 인기척이라고는 개미 새끼 한 마리도 얼씬하지 않는 황량함이 느껴지지만 그 몇 안 되는 사람을 위해 만들어 놓은 편의시설은 무식할 정도로 튼튼하게 지어져 있다.

멜버른 동쪽의 풍경은 이와 정반대다. 빅토리아(Victoria)주 최대의 낙농 지역답게 먼 산을 배경으로 한 푸른 초원과 무성한

삼림에 소나 양, 말들이 점점이 흩어져 풀을 뜯고 있는 모습은 유럽의 어느 농촌 풍경과 다를 바가 없다.

종점인 베언즈데일(Bairnsdale)역 앞에는 더 시골로 가는 시외버스가 시동을 걸고 사람을 기다리고 있고 몇 안 되는 택시는 손님을 실어 나르느라고 연신 왔다 갔다 하고 있었다. 그러나 한 10분쯤 지나면서부터는 다시 조용하고 고즈넉한 시골 역 풍경으로 되돌아가 버린다.

아무런 계획도 없이 발길 닿는 대로 떠나 보는 호주의 시골 여행은 이렇게 마음을 비우고 갈 수 있는 멋진 여행이다. 장황한 준비도 필요 없고 역에 가서 예약만 하고 가면 되는 여행이다.

작은 배낭 안에는 점심때 먹을 김밥과 물통 그리고 몇 개의 과일만 있으면 된다. 젊었을 때에는 자동차로 몇 시간씩 달려가는 열정이 있었지만 이제는 힘들고 돈이 드는 자동차 여행보다 이런 시골 배낭여행이 제격이 된 때가 된 것이다.

빠르게 지나가는 주변 풍경보다는 느릿느릿 걸으며 만져 보고 냄새도 맡아 보며 걷는 여행, 가다가 피곤하면 공원에 앉아 지나가는 사람들 모습을 보며 걷는 여행, 시골 사람들과 이런저런 이야기로 그들의 살아가는 속내를 훔쳐보며 걷는 여행, 이런 여행이 노년에 가질 수 있는 느림의 행복이 아닐까 여겨진다.

12. 울룰루 여행기

이민 25년을 넘어 이제 그만하면 호주살이에도 익숙해질 무렵 우리 부부는 호주 대륙의 가운데에 우뚝 솟아 있는 '대륙의 배꼽'이라고 하는 큰 바위 울룰루를 보기 위해 집을 나섰다. 적갈색의 호주 대륙 중앙부에 자리 잡고 있는 이 바위산은 그곳에 별다른 관광자원이 없기도 하지만 끝도 없는 평원에 유독 이 바위산이 덩그렇게 솟아 있으니 한 번쯤 가 보고 싶어지는 곳이기도 하였다.

멜버른에서 비행기로 거의 3시간이나 걸리는 곳이라 다른 여행보다도 준비를 단단히 해야 했다. 한낮의 온도가 40도를 훌쩍 넘는다고 해서 바르는 크림이며 파리를 쫓는 스프레이 그리고 모자와 색안경 등 며칠째 찬찬히 준비를 했다. 젊은 나이도 아닌 만큼 굼뜬 행동에 행여 사고가 날까 하는 노파심도 가세를 했다.

아들이 모든 일정을 준비하고 딸네들이 성원을 해서 나선 길이였고 호주에 처음 와서 딸들이 이곳으로 수학여행을 간다고 할 때부터 가 보고 싶은 꿈을 꾸었지만 사는 데 여념이 없다 보니 따로 생각을 하지 못하고 살아왔던 터였다.

자식들이 모두 우리 주위를 떠나고 나니 불현듯 우리 주위에는 무엇이 있는가를 살펴볼 요량이 생긴 것이다. 그 첫 번째로 눈에 들어온 대상지가 대륙의 가운데에 솟아 있는 울룰루(Uluru)였다.

멜버른을 조금이라도 벗어나면 이내 황량한 평원으로 이어지는 호주 대륙은 온통 붉은색으로 채색되어 있다. 붉은색이라고 하지만 그냥 붉은색이 아니다. 적갈색이나 저색(猪色)으로도 표시되지만 느낌으로는 진한 검붉은 색이라고 해야 할 것 같다.

하나님이 아담을 처음 창조하실 때에 분명 이 색깔의 흙을 사용하셨을 것이다. 이곳 호주의 내륙은 말할 것도 없고 미국의 그랜드캐니언이나 아프리카 내륙 그리고 남미 파타고니아 등 세계의 땅은 대부분 이 붉은색을 바탕으로 하고 있는 것을 보아도 알 수 있다.

사실 한국 사람들에게는 이 울룰루가 그리 매력적인 관광지로 여겨지고 있지 않는 것이 상식이다. 대단한 문명의 유적이 있는 곳도 아니고 사람들을 유인하는 뛰어난 자연경관도 아니며 큰 바위가 평평한 대지에 우뚝 솟아 있다는 것밖에는 특별히 볼거리가 없다는 것이 그 주된 이유가 된다. 이에 더하여 여행 경비가 예상외로 비싸서 비용을 생각하면 별로 매력적인 관광지가 아니라는 인식이 있어 선뜻 나서지 못하는 관광지이다.

그러나 우리 부부에게는 특별한 관심을 가지게 된 이유가 있는 곳이었다. 지질학을 전공한 연유로 큰 바위가 왜 그곳에 덩그러니 서 있는지도 궁금했지만 나의 네 번째 책 '땅을 보고 하늘을 보고'를 집필하면서 이 황량한 대지에 서 있는 바위는 몇억 년 전에 삼각주가 형성되고 다시 바다에 잠기고 융기하면서 만들어졌다고 하는 이론에 거부감도 있어서 한 번쯤 확인해 보고 싶었던 것이 더 큰 이유였다. 가서 눈으로 보고 만져 보니 역시 이는 그런 늙은 바위가 아니라 노아의 홍수 때 만들어졌다고 하는 나의 소신에 확신을 심어 준 여행이었다.

세상에는 허상의 과학에 가려 진실을 보지 못하는 일들이 우리 주변의 자연에서 흔히 볼 수 있다. 미국의 그랜드 캐니언이 그렇고 이곳의 울룰루가 그럴 것이다. 성경에서 기록하고 있는 노아의 홍수 때 지상의 큰 변혁으로 자연의 모습이 변형된 것을 인정하려 하지 않고 진화론으로 설명해야 그것이 과학인 양 진실을 가리는 것이 안타까워 가 본 여행이기도 했다.

비록 인기가 없는 호주의 관광지였지만 붉은 대지에 우뚝 솟아 있는 큰 바위와 주변 경관은 원주민들이 신성시하고 있는 그 바위산에 오르지 못하고 온 것이 아쉽지만 우리 부부에게는 예상치 못한 감동을 주었고 그 황량한 대지에서 삶을 영위해 온 원주민의 생활양식도 훔쳐볼 수 있는 기회가 된 의미가 있는 여행이었다.

13. 유럽 기행

젊어서부터 유럽은 나의 관심 대상이 아니었다. 세계 역사의 중심에 서있던 유럽을 알아야 세상을 알 수 있다는 석학들의 말에 귀 기울이는 것은 시간 낭비라고 여겼기 때문이다. 여기에는 무수히 많은 인명과 지명이 출현하는 이유도 있지만 인류 역사상 가장 참혹하다고 하는 전쟁의 역사를 중심으로 기술된 역사이기 때문에 공연한 에너지를 그런 참혹한 전쟁의 뒷길을 알 필요가 있겠는가 하는 의구심에서 연유한 것이기도 하였다.

이런 생각의 연원은 유럽의 역사라는 것이 아무래도 가톨릭이라고 하는 종교를 중심으로 엮여진 역사이기도 해서 그 폐해에 대한 기피 심정에 기인하는 선입견이 바닥에 깔려 있다고 하겠다.

가톨릭은 처음부터 다분히 정치적으로 오염되어 출발한 종교이다 보니 장구한 역사를 통해 끼친 영향력이라고 하는 것은 말로 다할 수 없이 클 수밖에 없었다는 점에서 유럽의 역사를 들여다보고 싶지 않았던 것이다.

하나님의 창조세계를 탐구하기를 즐겨 하고 있는 나로서는 대자연의 비밀을 탐구하는 일을 무엇보다 우선하면서 살다 보니 인류 문명의 역사라든가 인위적인 건축물을 연구하는 일에는 크게 관심을 두지 않았기도 했지만 하나님의 손길로 만들어진 자연의 위대함은 어떤 인간적인 결과물과는 비교할 수 없는 위대함이 있다고 믿어 왔기에 이를 연구하는 일이 더욱 가치가 있다고 여기고 있는 처지였다.

2016년 우리 부부는 그런 유럽을 처음으로 접할 기회가 생겼다. 처음부터 작정하고 나선 길이 아니었으나 사위가 체코 대사관으로 전임됨에 따라 딸네 집 방문이라는 핑계로 프라하라는 곳으로 가게 되었던 것이다. 처음 발을 들여놓은 유럽 땅 프라하는 나의 기존 의식세계를 무너뜨리기에 충분하지는 않지만 흠칫 놀랄 정도로 나의 정신을 흩트려 놓고 말았다.

체코라고 하면 옛 소련의 위성국가 중의 하나로 유럽의 동쪽 끝에 어설프게 붙어 있어 다분히 유럽의 변방쯤으로 인식되어 있던 나는 프라하의 시내 광장이며 성당의 웅장함에 그만 기존의 생각을 조금은 바꿀 필요가 있겠다는 생각을 하지 않을 수 없게 되었다.

곳곳에 세워진 웅장한 성당과 고색창연한 중세 유럽의 면모를 고스란히 간직하고 있어 얼핏 시간이 멎은 느낌을 강하게 받았다. 특히 크고 작은 규모의 성당에는 유럽의 영화로움과 잔혹함의 흔적들이 그대로 배어 있어 인간의 영욕에는 그 끝이 없음을 이해하는 데 도움이 되었다. 이런 유물과 유적들이 비교적 훼손되지 않고 온전히 보존할 수 있었던 것은 역설적으로 20세기 공산치하의 덕이 아닐까 여겨졌다.

동유럽을 그렇게 훑어본 뒤에 서유럽의 맨 끝이라고 할 수 있는 포르투갈에도 가 볼 기회가 있었다. 유럽의 변방이라고 별 기대를 하지 않고 가 본 포르투갈 역시 가톨릭의 영향권 아래에서 벗어날 수 없는 특성상 도처에 성당이 자리하고 있었고 특히 성모 마리아가 현신했다고 알려진 파티마 지역은 최근에 성지로까지 조성되어 있었다.

이 포르투갈 역시 16세기 항해로 세계를 제패한 역사가 있는 나라여서인지 곳곳에 옛 영화의 흔적들이 많이 있었다. 동유럽의 체코는 최근 한국 관광객들이 쏟아져 들어와 북새통을 이루고 있는 반면 포르투갈은 대부분의 관광객들이 스페인까지를 관광의 종착역으로 여겨서인지 그 영화로운 유물에 비해 찾는 이가 적은 관광으로도 변방에 속한다고 할 수 있었다.

동유럽과 서유럽을 다녀 본 나로서는 유럽을 다 보았다고 할수 없으나 그 화려한 인간의 영화로움도 한낱 꿈속에서나 볼 수 있는 시대의 유물로 전락하여 세상의 사람들에게 겉보기 미학만을 전해 줄 뿐 감동이 함께하는 볼거리로는 미흡하다는 생각을 하게 되었다. 인간의 감성은 볼 수 있었으나 신비한 하나님의 비밀은 어느 곳에서도 찾아볼 수 없는 겉보기 관광에 그친 느낌이 유럽을 본 감상이었다.

14. 코로나 포비아(Corona Phobia)

몇 해 전 중국 우한(Wuhan)에서 시작된 코로나바이러스에
의한 유행병은 새해 들어 전 세계로 무섭게 퍼져 나가고 있다.
유행의 발원지인 우한과 그 인접 국가인 한국은 3월 말경에는
조금 수그러드는 추세이지만 유럽에 이어 미국은 이제 막 시작
하는 단계라 해당 국가들은 이 유행병의 확산을 막기 위한 사상
초유의 국가적 조치들을 취하고 있는 형편이다.

사망률은 최대 5% 미만이지만 감염속도가 예상외로 빨라 사
람들은 이 유행병에 대해 시간이 지날수록 자신에게까지 전염
될 것이라는 공포감이 빠르게 확산하고 있다. 사람들의 이런 공
포심을 코로나 포비아(Corona Phobia)라고 부르고 있다.

원래 포비아라는 말의 뜻은 불안, 장애의 한 유형으로 예상치
못한 특정 상황이나 활동 또는 대상에 대해서 공포심을 느껴 높
은 강도의 두려움과 불쾌감을 유발하는 현상이라고 한다.

이런 포비아 현상이 이곳 호주 멜버른이라고 비켜 가지 않고
있다. 이제 막 시작하는 유행병의 공포가 사람들을 불안하게 만
들어 사재기 현상과 대인기피 현상이 급속히 퍼져 나가고 있고
정부에서는 미증유의 행정조치로 그 확산을 막으려고 안간힘을
쓰고 있는 상황이 되었다.

자연환경이 좋고 정치가 안정되어 있어 평화롭게만 살아왔던 호주 사람들이 갑작스럽게 다가온 재앙에 대처하는 모습은 당황 그 자체였다. 특히 이런 역병이 어느 한정된 기간 내에 멈추지 않고 앞으로 6개월 또는 수년간 계속될 것이라는 유언비어에 편승하여 쌀이며 밀가루, 설탕 그리고 휴지 등 생필품 확보에 정신을 잃고 있는 모습을 보이고 있다.

　우리 곁을 떠나 시드니에 흩어져 살고 있는 우리 자식들은 매일 아비 어미의 안부를 묻기에 여념이 없다. 아비가 당뇨에 고혈압 등 기저질환이 있는 노인이라서 걸리기만 하면 죽음의 0순위라고 걱정이 태산이다. 아무 데도 가지 말고 집에만 꼭 붙어 있으라고 닦달이 여간 아니다. 주별로 통행이 제한되어 오도 가도 못하는 상황에 걱정이 더할 수밖에 없다.

　그러나 나에게는 이런 역병의 감염보다 더 염려스러운 일이 닥쳐올까 하는 두려움이 있다. 모든 산업이 일시 중단됨에 따른 실업은 피할 수 없을 것이고 사람들은 주머니에 돈이 없으니 마음은 더 각박해지면서 생존 현장에 내 몰리다 보면 어떤 위험스러운 일들이 나타날지 모르기 때문이다.

　코로나가 중국에서부터 시작되어 전 세계를 휩쓸고 있는 지금 호주 현지인들은 중국인들을 보는 눈이 예사롭지 않다는 것이 염려가 된다. 이들의 눈에는 중국 사람이든 한국 사람이든 다 같이 보이니 우리가 한국 사람이라고 아무리 소리를 쳐도 그들의 시선은 그리 관대하지가 않다는 점이 한편 억울하기도 하다.

1923년 9월, 일본 관동지방에 진도 7.9의 대지진 때에 한순간에 집을 잃고 직장을 잃은 일본 사람들의 시선은 평소 못마땅하게 여기던 조선인들에게로 모아지면서 일어났던 재일본 조선인들에 대한 무차별 학살사건이 남의 일 같지 않고, 제2차 세계대전 때 독일 게르만민족의 반 유대 정서로 6백만이라는 무고한 생명이 희생된 일들이 예사롭지 않게 느껴지고 있다.

삶의 둥지를 먼 남쪽 나라 호주로 옮겨온 지 한 세대가 지나도록 평화롭던 이 땅이 코로나라고 하는 희대의 역병으로 이민자들이 마음속에 잠재되어 있던 이런 피해의식이 되살아나는 것은 피할 수 없는 두려움이다. 우리는 이제 살 만큼 살은 노인들이지만 이제 막 인생을 시작한 우리의 피붙이들이 이 땅 호주에 살고 있다는 것이 염려가 되는 것은 어쩔 수 없는 마음이다.

이 아이들이 이 사회에서 조화롭게 발을 붙이고 천대 만대까지 평화롭게 살기를 기원하는 마음 때문에 이번 코로나 역병으로 불거지는 사회의 혼란은 그래서 예사롭지 않은 눈으로 보는 것은 나만의 기우가 아니기를 바라는 마음이 간절하다.

15. 바뀐 세상

이곳 호주에도 어김없이 코로나 바이러스가 세상을 갑자기 바꿔 놓았다. 집에 갇혀서 먹는 일을 걱정하는 일(돌밥, 돌아서면 밥걱정)이 하루의 큰일과가 되었고 그간에 쌓였던 갈등, 분노, 다툼들이 하찮은 일로 여겨지면서 용서하고 사과할 마음이 생기는 이상한 때가 된 것이다.

멀리 떨어져 살고 있는 피붙이들이 더 애틋해지면서 끔찍이 그리워지고 노인들은 죽음을 떠올리는 일이 어색하지 않을 만큼 심각해져 버린 때가 된 것이다.

눈에 보이지도 않고 만져지지도 않는 미물이 세상을 한꺼번에 바꿔 놓았다. 무소불위의 권력을 휘둘러 대던 정부나 군대도, 돈만 있으면 모든 것을 할 수 있다고 자만하던 부자들도 해내지 못한 세상을 이 작은 미물이 하루아침에 바꿔 버렸다.

나라에서는 쌓아 놓았던 돈을 허겁지겁 내놓았고 가지지 못한 자들에게 돈다발을 억지로 안겨주기도 하는 세상에서 사람들은 갑자기 무엇을 어떻게 해야 하는지 어리둥절 하는 혼란을 겪고 있다.

이런 바뀐 환경 탓에 그간 내팽개쳐졌던 손바닥만 한 뒷마당 텃밭이 우리 부부의 주요 일터가 되었다. 노인들은 그저 집에만 있으라고 하는 정부시책에 따라 집에만 있으면서 할 수 있는 일이라고는 이 조그마한 텃밭과 씨름하는 일뿐이다. 엎고 뒤집고 다시 골을 타고 씨를 뿌리면 어김없이 싹이 자라 찬거리도 되고 운동도 되는 최소 밑지는 장사가 아닌 우리들의 효자 텃밭이 된 것이다.

그렇게 세월을 보내고 있지만 내 권속들이 같은 땅 호주에 흩어져 살고 있다는 생각으로 없던 걱정거리가 한꺼번에 생겨났다. 학교가 문을 닫았으니 아이들이 얼마나 심심해할 것이며 아비 어미들은 재택근무를 한다지만 식구들과 한 집에서 지낸다는 것에 익숙하지 않아 많은 불편함이 있을 터이고 이웃과 소통이 더 아쉬워진 때에 세상은 어디로 갈 것인지 가늠이 안 되는, 한 치 앞을 내다볼 수 없는 혼돈과 재난의 때에 이른 듯하다.

인간이 만들어 낸 알파고(Alpago)라고 하는 지능이 세계 바둑계를 휩쓸 때만 해도 세상 무엇으로도 이 알파고를 이길 자가 없다고 자만하던 인간이 미물 중의 미물인 바이러스라고 하는 작은 물체에 제대로 된 저항 한 번 해 보지 못하고 쓰러져 가는 모습에 인간이 얼마나 약한 존재였던가를 다시 한번 일깨워 주는 계기가 된 듯하다. 세상 사람들의 지혜를 모아 하늘 끝에까지 닿아 보자고 했던 인간들의 어리석음을 우리는 바벨탑의 교훈에서 보았던 것처럼 이렇게도 허무하게 무너지는 그 인간들의 지혜라는 것을 이제 눈으로 보고 있다.

앞으로 얼마 동안 이런 이상한 일들을 더 경험하게 될지 아무도 모르는 때에 사람들은 어쩔 수 없이 이에 익숙해져 가고 있는 듯하다. 1.5미터 간격을 유지하라고 하니 모든 쇼핑센터는 바닥에 줄을 그어 놓고 그 선에서만 쇼핑을 하라고 하는 데에 익숙해져 가고 할 일없이 거리를 배회하는 사람들에게 즉석 벌금을 매기니 거리에 사람들이 뜸해지는 것에 조금씩 길들여지는 듯하다.

조지 오웰의 소설 〈1984년〉이 생각난다. 빅 브라더라고 하는 한 사람이 조직적으로 인류를 통제해 나가는 사회를 그린 그림이 지금 시작하는 듯한 느낌을 받고 있다. '생체 베리칩'이라든가 '666' 등의 단어들이 순서 없이 머리를 어지럽게 하고 있다. 그런 세상은 먼 미래의 일들로만 여기던 일들이 하나둘씩 우리 주위에 펼쳐지는 듯하여 섬뜩한 마음마저 들기도 한다.

성경에 보면 노아 시대에 큰 홍수가 날 것이라고 그렇게도 외쳐 대었지만 사람들은 마지막 때까지도 먹고 마시며 세상을 즐겼다고 했듯이 지금의 이 현실이 한 치 앞을 내다볼 줄 모르는 인간들의 한계일 것이다.

인생을 다 산 우리들이야 큰 아쉬움을 가지지 않지만 남겨질 우리의 후손들이 어떻게 살아나가야 하는지가 더 큰 걱정으로 남는 것은 이 혼란의 때에 우리가 느끼고 있는 아쉬움이며 미련이고 회한이다.

16. 두 도시

새해가 계묘년이라고 한다. 토끼띠라고도 한다. 젊었을 적에는 자축인묘…며 갑을병정무기…라는 말을 자동으로 외워 육갑을 손으로 꼽아 가며 잘도 계산하던 그 총기는 안개처럼 사라지고 희미한 기억만 남아 있을 뿐 그 머리 회전이 예전 같지 않다.

더욱이 서구 문물 속에서 반평생을 살다 보니 모든 계산법이 일주일 단위로 끊어 계산하는 7진법이 편하게 된 문화 속에서 옛것을 지키고 유지하기란 거의 불가능하게 되어 버렸다. 노년에 멜버른이라는 도시에서 시드니라는 또 다른 환경의 도시로 둥지를 옮긴 탓에 몸으로 느껴지는 감각의 차이는 더욱 나를 혼란스럽게 만들어 버렸다.

한 세대를 살았던 멜버른과 이사를 온 새로운 땅 시드니라는 두 도시는 여러모로 다르다. 호주 2대 도시인 이 두 도시는 서로 경쟁하는 구도로 성장해 왔다. 멜버른에 중앙정부가 있을 적에는 시드니 쪽에서 문제를 삼으면서 수도 유치 경쟁이 치열해질 수밖에 없었는데 60여 년 전 이를 조정하는 안이 켄버러 행정수도의 신설이었다.

두 도시의 특성 또한 나름대로 있다. 멜버른은 서부 지역에 금광이 개발되면서 골드러시의 영향으로 계획된 도시로 발전하면서 경제와 행정의 중심지가 되었으나 교통망이 빠르게 발전한 시드니가 그 역할을 대신하면서 지금은 호주 최대 도시가 되었다.

도시의 도로는 반듯한 계획도시인 멜버른에 비해 같은 면적에 바다가 중간에 비집고 들어와 있는 지형 관계로 도로는 좁고 꾸불꾸불해서 운전하기에 더 신경이 쓰인다. 여기에 인구밀도가 높아서인지 사람들의 운전습관이 비교적 거칠고 난폭하여 운전하기가 더 까다로운 편이다.

이런 역사적 배경에 따라 두 도시 주민들의 자긍심 또한 특징적으로 다르게 자리 잡았다. 멜버른 사람들은 지나치게 빠른 경제성장 역사를 가진 시드니 사람을 보고 "상놈"이라고 하는 반면 시드니 사람들은 멜버른 사람을 구태에서 벗어나지 못하는 "촌놈"으로 지칭하는 일이 그것이다.

제2의 이민이라고 할 수 있는 '시드니로의 이사'는 우리 같은 노인들에게는 엄청난 사건이었다. 한 나라이지만 행정상 주가 다르니 각종 증명서를 새로 발급받는 일에서부터 조금씩 다른 교통법규 익히기 그리고 새로운 땅 익히기가 여간 성가시지 않다.

젊을 때에는 호기심과 정복욕으로 새로운 땅과 문물을 아무런 거부감 없이 받아들였지만 모든 행위가 굼뜬 노인에게는 이런 일들이 철벽같은 장애물로 느껴지기 일쑤다.

이런 일 이외에도 시드니라는 도시가 우리 가족에게 더 어렵게 다가오는 이유는 집값의 차이였다. 같은 집이라고 할지라도 멜버른의 집값은 시드니 집값의 80%밖에 되지 않으니 이사를 해서 살아야 할 집을 장만하는데 여간 어려운 일이 아니었다. 결국 규모를 줄여 방 5개 단독주택을 방 2개 또는 3개의 주택으로 대체하든가 아예 아파트로 대체해야 하는 불이익이 있을 수밖에 없었다.

이민을 와서 비좁고 작았던 서울 아파트 대신 처음으로 마당과 정원이 딸린 200평짜리 단독주택을 구했을 때에는 어떤 갑부 부럽지 않은 호기를 부리며 살았는데 시드니로 이사를 오면서 그런 호사는 더 이상 없다는 사실을 알게 되면서 지금의 아파트에 만족해야 하는 서글픔이 있었다.

그러나 노년에 필요한 것은 사는 집의 규모나 형태보다도 생활의 편리함과 비상시 접근성이 좋은 거처가 유리하다는 점을 고려한다면 우리는 올림픽파크라고 하는 아파트에 자족하면서 살고 있다.

토끼해에 토끼처럼 빠르고 영민한 한 해가 되기는 애당초 틀렸지만 늙은 토끼의 마지막 호기를 부리며 살고 싶은 것이 우리의 형편이다.

17. 시드니 정착기

같은 나라 안에서 사는 터전을 옮기는 일은 이삿짐 싸 들고 옮겨 가기만 하면 되는 일이 아니다. 특별히 호주 국내에서는 다른 주로 이사하는 일은 의외로 번거로운 일들이 많다. 행정구역(주)이 다르니 절차와 관습이 조금씩 달라 해야 할 일들이 생각보다 많으며 특별히 노인들이 하기에는 매우 성가신 일들뿐이다. 주소지 변경과 운전면허증 교체 그리고 각종 증명서를 바꾸어야 하는 일들이 그것이다.

삶의 터전을 멜버른에서 시드니로 옮겨 살다 보니 아무리 나이가 먹으면서 호주살기에 적응이 되었다고 하지만 아직도 주위 환경이 익숙하지 않아 서툴기만 하다. 한국에서는 아파트 생활이 익숙했지만 이민을 와서 처음 구입한 멜버른 저택(?)에서 한 30년 넘게 살다 보니 아파트 생활이 불현듯 생경하게 다가온 것이다. 그러나 손길이 많이 가는 단독주택보다는 여러 가지로 편리한 아파트가 노인들에게는 더 좋을 것이라는 자식들의 권유로 시드니에서는 당연히 아파트로 살 터를 정한 것이다.

조개껍질을 형상화한 오페라하우스와 도심을 가로지르는 하버 브릿지라는 미끼로 세계의 관광객을 끌어모으고 있는 시드니는 온화한 기후와 아름다운 해변이 어우러져 노인들에게는 가장 살기 좋은 곳으로 소문이 나 있는 도시이지만 우리 부부에게는 노년에 몸을 의탁해야 하는 운명의 최종 정착지일 뿐이다.

도시는 해변의 굴곡이 많아 그 주변으로 고급 주택지가 조성되어 있는 특징이 있다. 우리 아파트 인근에도 도시의 동서를 가로지르는 파라마타강(Paramatta River)이 인근에 있고 이 강의 지류인 하스람천(Haslam Creek)이 아파트 앞을 지나가서 조금은 물가라는 멋을 풍기고 있기는 하다.

이사하면서 우리 부부가 가정 관심을 가지고 있던 부분은 집 주변으로 걷기에 편리하고 여유로운 길이 있는 위치를 선택해야 한다는 점이었다. '올림픽파크'라고 하는 지역은 시드니에서는 주거 지역으로는 괜찮은 지역으로 여겨지고 있는 지역이지만 넓은 공간에 자연과 어울리는 시설물이 잘 조성되어 있어 걷기에 편리하고 유용하게 배치되어 있는 점이 좋다는 자식들의 의견에 따라 정했던 지역이다.

이사 이후의 변화 역시 우리 부부에게는 크게 다가왔다. 아직 운전은 할 수 있어 가야 할 곳은 운전해서 가지만 30분 이상 가는 거리는 자신이 없고 풍경 또한 새삼스러워서 자신이 서지 않는다. 주차 공간 찾기 또한 여간 어려운 일이 아니다. 멜버른과 달리 시드니는 왜 그리 차가 많은지 주차할 공간 찾기가 전쟁과도 같다.

집사람은 이런 우리 집이 참 좋다고 한다. 1층이라 베란다가 넓어 좋고, 뒷문이 있어 문이 2개라서 좋고, 엘리베이터를 타지 않아서 좋고, 화단이 코앞에 있어 땅 냄새를 맡을 수 있어 좋고, 비상시 앰뷸런스가 쉽게 들어올 수 있어서 좋고, 자식들이 출입하기가 좋다고 하면서 '범사에 감사'를 들먹이며 아파트 예찬에 침이 마르고 있다.

우리 둘 중 한 사람이 먼저 이 세상을 떠나면 혼자서 거처할 공간으로는 너무 커서 나머지 한 사람은 이 집을 정리해서 더 작은 공간으로 옮겨야 하는 불편함도 예상된다. 그전에 우리 부부는 어떠한 상황에 처할지라도 둘이 함께 살 수 있도록 최선을 다할 것이라고 다짐을 하고 있지만 예측할 수 없는 미래의 일을 장담할 수 없다.

내 마음에 들지 않는다고 저지른 일을 되돌릴 수 있는 용기도 의지도 없으면서 객기를 부릴 때가 아니라는 사실을 처절하게 느끼고 있는 때에 이른 것이다. 몸도 마음도 쇠약해져서 혼자서 하기에는 모든 일이 어려운 상태라 끝까지 아름답게 살아남기 위해서는 마음에 차지 않는 일들을 접고 물 흐르듯 세상의 흐름에 따르는 때에 이른 것이다.

18. 마무리할 일들

한 해가 넘어가고 있다. 언제 이렇게 세월이 갔는지 모르겠다. 내가 태어났던 1940년대는 거의 기억하지 못하고 있지만 전쟁의 참화 속에서 살았던 1950년대, 학업에 열중했던 1960년대 그리고 강원도 산골에서 물불을 가리지 않고 일을 했던 1970년대는 나의 청춘 시대라 정확히 기억하고 있다.

연이어 다가온 1980년대는 나로서는 일생 한 번의 꿈인 세계로 탈출할 꿈을 이루었던 의미 있는 몇 해였다. 당시 중화학공업 육성이라는 국가적 사업에 편승한 해외 자원개발이라는 명분으로 회사 경영진을 부추겨 해낸 30여 개국의 자원조사 여행은 나의 시야를 세계로 넓힐 수 있었던 절호의 기회였다.

동남아를 위시하여 중동과 남북 미주 그리고 호주에 이르기까지 아프리카 대륙을 제외하고는 세계의 오지라는 오지는 거의 다 다녀 보았다. 이에 따른 생명의 위협도 많았지만 젊은 혈기로 해낸 경험이었고 미지의 세계에 대한 호기심이었다. 지나고 보면 하나님의 보호하심이 없이는 도저히 불가능했던 모험이었다.

다만 이민 이후인 1990년대 이후는 고통의 암흑한 터널을 거치면서 삶의 밑바닥에서 생존을 위한 사투 현장을 고스란히 밟아 온 힘든 이민생활을 해서인지 현실과 환상이 교차하는 30여 년을 한순간에 보낸 듯하다. 이렇게 한 세월이 간 것이다.

그런 세월을 보낸 후 앞으로 남아 있는 시간이 얼마나 될지 추측해 보면 어렴풋이 짐작이 된다. 올해가 내 나이가 80순이다. 인간의 평균 수명으로 보더라도 앞으로 5년 이상을 기약하기 힘들 것이다. 5년, 너무 짧은 시간으로 여겨진다. 이 시간 동안 나는 무엇을 어떻게 할 것인가 하는 생각이 내 머리를 어지럽게 만들고 있다.

지금까지 해 왔던 일을 마무리를 잘 할 수 있을지, 평생을 생각하고 추구해 왔던 가치를 어떻게 갈무리할 수 있을지 그리고 나로 인해 생겨난 내 주위의 사연들을 어떻게 정리할 것인지 번거로운 생각으로 잠을 설치기 일쑤다.

내가 쓰던 가구, 책상들 그리고 그렇게 자랑스럽게 쓴 책들은 어떻게 할 것이며 힘들여 그려 온 내 그림들은 누구에게 줄 것인지 그리고 내가 즐겨 수집해 두었던 모자, 신발들은 내가 죽으면 어떻게 될까 하는 공연한 걱정에 휩싸이면서 조바심으로 허둥대기만 한다.

문제는 우리 부부 중 누가 먼저 천국에 가는가 하는 것이다. 통상의 관례라면 남자의 평균 수명이 여자에 비해 조금 짧다 보니 내가 먼저 가고 집사람은 자식들의 돌봄을 받다가 몇 해 후에 자연스럽게 천국에 가는 것이 좋을 듯하나 아무래도 그렇게는 되지 않을 조짐이다.

이때를 대비하는 일이 나에게는 현재의 지상명령이 될 수밖에 없다. 죽어 묻힐 곳을 정해두는 일, 내 없을 때 작은 것이나마 유산을 고루 나누어 주는 일, 그리고 내가 평소 가지고 놀던 물건들의 처분 등에 신경을 써가며 준비해야 할 듯하다.

그렇게 생각하고 보니 시드니로 이사를 오면서 살림살이를 거의 반이나 줄여 온 것이 다행이었으나 나머지 반마저 너무 많아 비좁은 아파트 세 칸 방에 넘쳐 나고 있다. 신발이 신발장 하나에 넘쳐 나고 모자도 거의 80% 정도를 버렸으나 아직 수십여 개가 남아 있고 주변 책상 서랍에는 버리기 아까운 필기구나 종이들이 한가득하다.

문제는 이런 주변 물건들을 아무나 주기도 아깝고 자식들에게 물려주려고 해도 관심이 없으니 처리에 어려움이 있다. 그중에도 평소 그 가치를 소중하게 여기고 있던 내가 지은 책들 그리고 정성들여 그린 그림 등은 처분하기가 여간 어려운 일이 아니다.

아마도 나를 이해하고 있는 주변 지인들에게 나누어 주려고 작정하고 있지만 생소한 시드니에서 그런 사람을 찾는 일이 쉽지 않을 듯해서 걱정이다.

19. 겹 세대 차

나의 80년 인생은 늘 경험해 오던 관습의 마지막 세대이면서
도 한 번도 경험해 보지 못한 첫 세대로 연결되어 있다. 그것은
나의 하루 일과는 내 평생 처음 대하는 시간이고 마지막으로 보
내는 시간임을 알기 때문이다. 그렇다 보니 한순간 한순간이 귀
하게 여겨질 뿐만 아니라 그렇게 한 세대가 간다는 소회가 새롭
게 다가온다.

봉제사접빈객(奉祭祀接賓客)의 마지막 세대이며 늙은 부모를
한 집에서 끝까지 모셔야 한다는 의무감을 버리지 못하고 있는
마지막 세대이며 세상 모든 것이 컴퓨터로 연결되어 있는 이상
한 세상에서 컴맹, 폰맹으로 허우적거리고 있는 마지막 세대가
우리 세대다.

뿐만 아니다. 검정 고무신 하나면 하늘을 날 정도의 상류층으
로 뽐낼 수 있었던 마지막 세대이며, 물 한 바가지로 허기진 배
를 채웠던 보릿고개를 체험한 마지막 세대이며, 6.25전쟁의
참화를 눈으로 보고 느꼈던 마지막 세대이고, 삼강오륜(三綱五
倫)을 머리에서 떼어 내지 못하며 헤매고 있는 마지막 세대가
우리 세대다.

그렇지만 우리에게 마지막 세대만 있는 것도 아니다. 광속도

로 다가오는 신세대의 물결을 타지 못하고 허우적거리는 첫 세대 또한 우리 세대이다. 자식들로부터 독립만세를 외쳐 대야 하는 첫 세대이며 손주들이 보고 싶어도 며느리 눈치 때문에 속앓이를 해야 하는 첫 세대이고 자식들이 저희 엄마와만 놀아나도 말 한마디 물어보지도 못하는 벙어리 첫 세대이며 귀신이 된 후에도 하루 세 끼 밥을 스스로 챙겨 먹어야 하는 첫 세대가 우리 세대이다.

이렇게 우리 세대에 대한 공통적인 개념 이외에 나에게만 적용되는 아주 특별한 세대 차가 하나 더 있다는 사실이 나를 더욱 슬프게 하고 있다. 자식과 나 사이에 걸쳐있는 세대 차이는 보통의 세대 차에 더하여 이민으로 만들어진 문화적 차이가 한 겹을 더하여 두 세대 차이가 엄연히 존재한다는 것이다.

다시 말해 세대로 인한 한 세대 차에 더하여 이민으로 인한 문화적 차이가 더하여 겹 세대 차가 있다는 것이다. 가정폭력에 대한 인식 차이가 그 좋은 예이다. 우리 세대에는 자식을 양육하면서 부모가 때로는 회초리도 들고 꿀밤도 주며 어떨 때는 뺨도 때리는 행위를 폭력으로 인식하지 못했다. 오히려 양육의 효과를 높이기 위한 한 수단으로 여길 만큼 인식이 관대했다.

그러나 부모를 따라 이민을 온 자식세대는 이러한 행위 모두를 자식의 양육이라는 관점보다 자식은 약자라는 관점으로 보기 때문에 강자가 약자에 대한 폭력으로 인식하는 점이 크게 다르다고 할 수 있다.

그러다 보니 이민 첫 세대는 이민자 가정에서 자식이 자신에게 가하는 매질에 대해 간혹 그 부모를 경찰에 고발하는 모습을 보고 문화적 차이에서 오는 갈등을 어떻게 받아들여야 할지 내적인 혼란을 감출 수 없게 된다.

대부분의 이민자들은 이런 유사한 경험을 한다. 힘든 이민생활에서 자식들의 입장을 세세히 이해하는 데 신경을 쓰지 못한 부모에게 그때 경험했던 몇 번의 훈육 매질을 폭력으로 기억하고 있는 자식들은 부모를 부모로 대하지 않으려고 하는 편향된 세대 차로 인하여 이민 1세대는 늘그막에 겹 세대 차로 심한 좌절감 속에서 슬픈 노년을 보낼 수밖에 없는 것이 우리를 더욱 슬프게 하고 있다.

20. '딸 치우기' 작전

'딸을 치운다.'라는 말은 딸자식을 자기 가족으로부터 분리하여 다른 가정으로 부양책임을 떠넘기는 행위로 인식되던 때에 쓰던 딸자식의 혼사에 관한 말이었다. 일제 강점기와 그 후에 있었던 전쟁으로 한 끼 밥에 목줄을 매던 시절의 이야기이니까

지금의 의식으로는 감히 입 밖에도 올리지 못하는 금기어가 되었다.

산아제한이나 인구 조절이라는 말 자체가 없던 당시로서는 아이 여섯은 보통이고 많은 집은 열 명이 넘는 가정도 있었으니 자식이 많을수록 부귀 다산의 덕목으로 치부되던 때였기 때문에 식구가 많다는 사실이 자랑으로 여길 만큼 숫자에 관대한 때가 그때였다.

그러나 그 많은 자식을 먹여 살릴 만큼의 여유가 없다는 사실이 문제였다. 이때 차선책으로 생각하는 일이 자식 입 하나 줄이는 방법이 '딸 치우기'다. 그만큼 남아 있는 가족이 굶을 확률이 줄어든다는 단순한 계산 때문이다.

나에게는 딸이 셋이나 있다. 늦둥이 아들까지 4남매를 두고 있어 남들은 다복하다고 입에 발린 칭찬을 하지만 사실 이 자식들 가르칠 일로 많은 고민을 할 수밖에 없었고 결국 이민이라는 힘든 결정을 하기에 이르렀던 것이다. 이 딸들이 결혼 적령기가 닥치자 우리 부부는 고민을 하지 않을 수 없었다.

이곳 교민사회에서는 자녀들이 배우자를 제때에 알맞은 짝을 찾아 맺어 주는 일이 쉽지 않은 형편이다. 같은 동족끼리의 만남도 기회가 그리 많지 않을 뿐 아니라 있어도 선택할 수 있는 조건들이 여의치 않아 이상적인 배필을 정하기에는 그 선택의 폭이 상당히 좁을 수밖에 없다.

호주에서 자란 자식들은 어릴 때부터 부모의 영향보다 주위 환경의 영향을 더 받는 탓에 배우자를 찾는데 굳이 한국인을 선택하려는 의지보다 대화가 편한 상대를 찾다 보니 노랑머리 호주인이나 중국이나 동남아인 같은 동양인들을 무차별적으로 선택하는 경향이 있다.

이때, 우리 부부는 딸 셋을 1년 3개월 만에 모두 한국 청년에게 짝을 맞추어 '딸 치우기' 작전에 성공하였다. 이는 전적으로 하나님의 은혜였지만 제 아비 어미의 치밀한 계획과 노력의 결과라는 것을 자식들은 알고 있는지 모르겠다.

한국에서 중·고등학교를 마치고 왔지만 호주에서 나머지 학업을 마친 나이였으니 이내 결혼할 때가 되어 그 짝을 맞추어 주는 일이 여간 어려운 일이 아니었다.

결단코 노랑머리는 안 된다는 생각을 평소 자식들에게 주입시키고 있던 나는 딸들에게 적합한 한국청년을 찾아 주어야 한다는 절박감에 나이가 차가는 딸들을 보며 점점 초조해지기까지 했다. 결국 저희들끼리 짝을 찾는 데 한계가 있음을 알고 아비 어미가 직접 나설 수밖에 없었던 것이 그때의 상황이었다.

결국 세 딸 모두가 교회를 매개로 하여 결혼이 성사되었고 세 사위 모두가 화목한 가정을 이루며 살고 있지만 지금은 이 세 분의 바깥사돈들이 모두 고인이 된 이때 나만 홀로 딸들과 같은 공간에 살아 있다는 것이 죄송한 마음이다.

450일, 즉 1년 3개월 만에 딸 셋을 모두 '딸 치우기' 작전으로 짝을 맞추어 준 우리 부부는 그 딸들이 이 호주 사회에 잘 정착하여 살고 있고 이 자식들을 통해 더 많은 나의 핏줄들이 태어나 호주 사회에 이바지할 것을 기대하면서 살고 있는 행복한 이민 1세라고 자평하고 있다.

21. Y선배의 역이민

며칠 전, 멜버른에 있을 때 교제하고 있던 Y선배로부터 전화를 받았다. 멜버른 생활을 정리하고 한국으로 떠난다는 소식이었다. 몇 해 전 60여 년의 미국 생활을 뒤로하고 자식들이 있는 호주로 평행 이민을 해 오신 분이셨다. 노년에 처음으로 우리 교회를 방문하신 분이라 나는 특별한 관심을 가지고 그분을 안내한 적이 있다.

나의 대학교 선배이기도 하지만 새로 정착하는 멜버른 생활에 몇 가지 편리도 보아드리며 가깝게 지내던 사이였는데 갑자기 역이민을 한다고 하니 나는 남의 일 같지 않게 느껴지면서 복잡한 감회가 뒤엉켜 마음이 심란해지기도 했다.

한국으로 가야 하는 이유를 들어 보니 일면 고개가 끄덕여지

기도 하지만 이 노년(86세)에 그런 결단을 하게 된 그분의 심경
이 딱하게 전해졌다.

슬하에 3남매를 두었는데 아들 하나 딸 하나가 모두 호주 배
우자를 만나 결혼해 호주에 살고 있기 때문에 은퇴 후 자식 곁
에 있고 싶어 하는 부모를 자식들이 권하여 호주행을 결단한 것
이 이 노부부에게는 더 큰 고난이 된 듯하다.

한 며느리가 호주 여자이고 한 사위가 호주 남자이다 보니 동
양적 교감과 살가운 정을 서로 나누지 못하는 것이 이들 노부부
에게 가장 큰 어려움이 된 듯하다.

1954년 제주도 시골에서 상경한 시골뜨기 사내아이가 그 어
렵다는 서울대학교 상과대학에 입학했으니 당시 제주도로서는
과거에 장원급제 한 일보다도 더 큰 경사라고 여겨 출신 고등학
교에서는 플래카드까지 내걸고 큰 잔치를 했다고 했다.

졸업 후 한국은행에 입사해 홍콩과 미국을 넘나들며 엘리트
코스를 달리다가 미국에서는 은행을 설립할 정도의 큰일을 해
내신 분이었는데 이런 노후에 자식들로부터 보호를 받지 못하
고 결국 역이민을 택했다는 사실이 나에게는 슬픔으로 다가
왔다.

부인 역시 이화여대 영문과 출신으로 영어 웅변대회에서도 대
상을 받을 정도의 엘리트였으니 이들 부부의 일생이 상층부 인
생을 살았을 것이 가늠이 된다. 언젠가 이들 부부가 살았다는

미국 뉴욕 인근의 자택 사진을 본 적이 있는데 흰색의 큰 저택이 백악관보다도 더 멋져 보였다.

이 노부부는 멜버른에서 작은 아파트에서 기거했는데 음식도 맞지 않을 뿐만 아니라 자식들의 도움도 전혀 받지 못하는 상황에서 호주 시민권도 없는 형편이라 의료혜택을 전혀 받을 수 없다는 것이 이분들에게 가장 어려운 일이었던 듯했다. 결국 한국에 가서 양로원(고급 시설)에 가면 음식도 맞고 의료혜택도 받을 수 있다는 것이 역이민의 이유였다.

노후에 같은 나라 안에서 이사하는 일에도 큰 어려움을 겪은 나로서는 다시 한국으로 되돌아가서 새로운 자리를 마련한다는 일이 얼마나 어려운 일인지는 가히 짐작이 간다. 60년 이상 해외 생활을 하신 이들 노부부가 한국에 가서 다시 정착하는 일이 매우 염려가 된다.

새삼 자식과 부모라는 관계를 생각해 보는 계기가 되었다. 낳아 키울 때까지는 최선을 다하는 부모이지만 그 부모가 늙고 병들면 그 자식들이 그 뒷바라지를 해야 한다는 전통이 이질문화로 훼손되는 경우를 보고 있는 현실이 슬플 따름이다. 부디 한국에서 잘 정착하시어 어렵지 않은 노후를 보내시기를 기도하고 있다.

22. 행복의 조건들

오랜 이민생활 동안 '행복했는가?' 하는 질문은 늘 머리에서 떠나지 않았던 화두였다. 현실인지 허상인지 갈피를 잡을 수 없는 상황에서 마침 한국의 모 일간지 글에서 그 답을 찾았다. 그 글을 인용하면서 쓴 글이다.

덜컥 겁이 났다. 갑자기 허리가 뻐근했다. 자고 일어나면 낫겠지 하고 대수롭지 않게 여겼는데 웬걸, 아침에는 침대에서 일어나기조차 힘들었다. 그러자 하룻밤 사이에 사소한 일들이 굉장한 일로 바뀌어 버렸다. 세면대에서 허리 굽혀 세수하기, 바닥에 떨어진 물건을 줍거나 양말을 신는 일, 기침을 하는 일, 앉았다가 일어나는 일들이 내게는 더 이상 쉬운 일이 아니게 되어 버렸다.

별 수 없이 병원에 다녀와서 하루를 빈둥거리며 보냈다. 비로소 몸의 소리가 들려왔다. 실은 그동안 목도 결리고 손목도 아프고 어깨도 힘들었고 눈도 피곤하는 등 몸 구석구석에서 불평이 쏟아져 나왔다. 언제까지나 내 마음대로 될 줄 알았던 몸이 이렇게 기습적으로 반란을 일으킬 줄은 예상하지 못했던 터였다.

중국 속담이 떠올랐다. "기적은 하늘을 날거나 바다 위를 걷는 것이 아니라 땅에서 걸어 다니는 것이다." 예전에는 싱겁게 웃어넘겼던 그 말이 다시 생각난 것은 반듯하고 짱짱하게 걷는 게 결코 쉬운 일이 아님을 실감하게 되었기 때문이다.

괜한 말이 아니었다. '아프기 전과 후'가 이렇게 갈리는 게 몸의 신비가 아니고 무엇이겠는가. 얼마 전 폐렴에 걸려 병원에 입원한 적이 있었다. 병상에 누워 창밖을 보니 하늘이 그렇게 청명할 수가 없었고 길거리를 오가는 사람들이 그렇게 신비롭게 보일 수가 없었다. 나는 왜 저런 사람들처럼 걷지 못하고 이 병상에 누워 있나 하는 생각에 다른 세상에 와 있는 듯한 착각에 빠져든 적이 있었다.

지금 내가 원하고 있는 것이 무엇일까 하고 생각해 보았다. 혼자서 일어나고 좋아하는 사람들과 웃으며 이야기하고 함께 식사하고 산책하는 등 그런 아주 사소한 일이 그런 일이라는 것을 알게 되었다. 다만 그런 소소한 일상이 기적이라는 것을 깨달았을 때는 이미 너무 늦은 뒤라는 점이 안타까웠다.

우리는 하늘을 날고 물 위를 걷는 기적을 이루고 싶어 안달하며 무리를 한다. 땅 위를 걷은 것쯤은 당연한 일인 줄 알고 있다. 타인에게 일어나는 일은 나에게도 일어날 수 있는 일이라는 것을 알게 되었다.

크게 걱정하지 말라는 진단이지만 아침에 벌떡 일어는 일이 감사한 일임을 이번에 또 배웠다. 건강하면 다 가진 것이다. 일상에 감사하며 살자 하고 입으로는 외치지만 진정으로 느끼는 사람은 적은 것 같다.

한국 이야기 하나 해 보려고 한다. 안구 하나 구입하려면 1억이라고 하니 눈 두 개 갈아 끼우려면 2억이 들고 신장 바꾸는 데는 3천만 원, 심장 바꾸는 데는 5억 원, 간 이식하는 데는 7천만 원, 팔다리가 없어 의수와 의족을 끼워 넣으려면 더 많은 돈이 든다.

지금, 두 눈을 뜨고 두 다리로 건강하게 걸어 다니는 사람은 몸에 51억 원이 넘는 재산을 지니고 다니는 것과 같다. 도로 한가운데를 질주하는 어떤 자동차보다 비싼 훌륭한 두 발 자가용을 가지고 세상을 활보하고 있다는 사실을 알아야 한다.

갑작스러운 사고로 앰뷸런스에 실려 갈 때 산소 호흡기를 쓰면 한 시간에 36만 원을 내야 한다니 눈, 코, 입 다 가지고 두 다리로 걸어 다니면서 공기를 공짜로 마시고 있다면 하루 860만 원씩 버는 셈이다. 우리는 51억짜리 몸에 하루 860만 원씩 공짜로 받을 수 있으니 얼마나 감사한 일인가?

그런데 왜 우리는 늘 불행하다고 생각하는 것일까. 그것은 욕심 때문이다. 감사하지 못하는 사람에게는 기쁨이 없고, 기쁨이 없으면 결코 행복할 수 없다, 감사하는 사람만이 행복을 누릴 수 있고, 감사하는 사람은 행복이라는 정상에 이미 올라가 있다고 생각한다. 세잎클로버는 행복, 네잎클로버는 행운이라고 한다. 행복하면 되지 행운까지 바란다면 그것은 욕심이다.

23. 여초시대

"둘만 낳아 잘 기르자."

1970년대 대한민국 인구정책의 대표적 구호다. 전쟁 직후 산업 재건의 원동력인 인구가 역설적으로 인구 감축정책으로 진행된 것은 아이러니다. 인구 절벽으로 경제활동에 직접적인 영향을 주고 있는 현재의 인구 현상을 보면서 반세기 만에 바뀐 인구 역전현상을 설명하기는 쉽지 않다.

그때 우리 부부는 예기치 않게 딸 셋을 연이어 낳았다. 첫 딸을 낳고 나니 다음은 아들일 것이라는 기대가 있었지만 또 딸이었고 딸이 둘인데 다음은 아들이어야 한다는 사명감으로 낳은 자식이 세 번째 딸이었다.

둘도 많다고 정부에서 연일 인구감소 정책을 강조하던 때였기 때문에 셋을 낳은 죄로 어디 나들이하는 것도 사람들 눈치를 보아야 했다. 식구가 다섯이다 보니 택시도 한 번에 탈 수 없고 대중교통을 이용하려고 해도 차비 부담이 컸다.

그래서 남들이 '요즘은 딸이 좋다'는 감언이설을 그대로 받아들이기로 하고 한동안 조용히 있다가 온 가족이 캐나다라는 별난 땅에 살게 되다 보니 잊었던 아들 타령이 또 나왔다. 주위의 선동도 있고 해서 마지막 시도로 꿈에 그리던 아들을 얻게 되었다. 그러니 셋째와 넷째 사이에는 10년이라는 시간차가 있어 늦둥이 아들은 위의 세 누나들이 모두 치마폭에 싸고 업어 키운 셈이 되었다.

그렇게 여섯 식구가 된 우리는 이 자식들 교육을 어떻게 할 것인가를 두고 한참을 고민하다가 결국 작정한 일이 이민이었다. 다른 나라에 가서 살면 자식들 많다고 눈총 받을 일도 없을 것이고 네 자식 모두 자기의 능력을 살릴 수 있는 기회가 더 많을 것이라는 기대가 있었다.

결국 자식 많다고 괄시 받았던 한국을 떠나 살게 된 호주는 어느 정도 우리 기대를 충족시켜 주었다. 과밀학급이 없고 치열한 경쟁도 적을뿐더러 자기가 하려고 하는 분야를 자율적으로 선택할 수 있는 자유가 있고 학비조차 거의 없다 보니 우리는 소기의 목적을 달성했다고 볼 수 있었다.

문제는 그 다음이었다. 처음의 우리 식구 여섯 중 아들과 나를 제외하면 모두 여자들이다. 그런데 그 3녀 1남이 결혼하여 낳은 자손이 모두 여덟 명인데 그중 손자는 달랑 하나고 나머지 일곱 모두가 손녀다. 그러니 총원 열여덟 명 중 나와 세 사위 그리고 아들, 손자 여섯만 남자고 나머지 열두 명이 여자다.

금년으로 이민 34년이 된 지금 이 여자들의 위세가 하늘을 찌르고 있지만 옆에 있는 남자들은 찍소리 한 번 못 하고 여자들 옆에 빌붙어 사는 형편이 되었다. 첨단 통신 수단인 카톡이 이 여자들을 공동의 결사체를 만들어 주는데 핵심 역할을 하고 있다.

시도 때도 없이 울려 퍼지는 카톡 소리에 하루의 일과가 뻔질나게 밝혀지고 옆에 붙어살고 있는 남자들의 행동거지는 모두 여자들 손바닥 안에서 놀고 있으니 가히 여인 천국이 아닐 수 없다.

모임이나 가족행사는 모두 이 여자들이 주도하여 추진되니 남자들은 이 여자들 눈 밖에 나지 않기 위하여 용을 쓰고 있는 형국이다. 한번 외부 일정이라도 잡으려고 하면 반드시 여자들의 스케줄을 먼저 확인한 뒤 그 가부를 허락받아야 하고 가족 돌아가는 형편을 알려고 하면 이 여자들의 심기부터 살펴야 하는 처량한 신세가 되었다.

그렇다 보니 엄마와 딸들은 서로 한 몸이 되어 자기들끼리의 철옹성을 구축하여 그 속에서는 서로 '죽고 못 사는 사이'의 유대관계가 형성되어 있어서 어느 누구도 그 철벽을 뚫을 생각은 애당초 하지 않고 있다. 이렇다 보니 일상의 소소한 즐거움이나 휘황찬란한 삶의 보람은 전적으로 여자들만의 전유물이 되고 아비인 나는 날마다 개밥에 도토리가 되어 가고 있다.

그래서 하루에도 수도 없이 울려 대는 전화 소리와 카톡 소리는 오로지 여자들 전유물이 되었으니 남편이요 아비인 내가 호주 가족의 우두머리라고 아무리 소리를 쳐 대도 나 혼자의 메아리로 잦아들 뿐 꿈쩍도 하지 않는 여초시대에 내가 살고 있다.

24. 구태 찬란한 이민 1세대

역사에서 첫 이민자로는 성경에 나오는 '아브라함'이라는 사람을 들 수 있을 것이다. 하나님이 가라고 해서 간 이민이긴 하지만 후일 그를 믿음의 조상으로 삼으시려는 하나님의 원대한 계획으로 이루어진 일임을 알 수 있다.

인간의 일생은 파란만장한 여정으로 펼쳐지지만 이민이라는 일이 자신의 의지나 한때의 호기심으로 이루어질 일이 아닌 것만은 분명하다고 할 것이다. 특별히 우리와 같이 한 세대를 마감하는 때에 이르게 된 이민 1세대들은 자신의 지나온 세월과 하나님의 계획이 어떠했는지를 회고해 보는 시간을 갖게 마련이다.

우리의 윗세대는 일본 식민시대의 핍절한 시대에 태어나 식민 정책에 수탈당하며 살았던 세월을 생각하면 아련히 가슴이 저미어 온다. 한 끼의 밥을 위하여 온 가족이 허리띠를 졸라매며 그 배고픔을 견디었을 한평생을 어찌 우리 세대가 추측이나마 할 수 있을까.

해방이 되면서 그래도 먹는 문제만큼은 해결될 것으로 기대했지만 6.25라는 민족전쟁으로 배고픔의 해결은 고사하고 피붙이들이 강제로 헤어져야 하는 고통이 더해지면서 우리 윗세대의 비극은 더 가혹해지기만 했었다.

그래도 그다음 세대인 우리들은 신명을 바쳐 일구어 낸 조국 근대화 운동으로 세 끼 밥은 해결할 수 있어 잠시 허리를 펼 수 있었지만 그때는 이미 백발의 노년이 기다리고 있었다.

우리 세대가 받은 유산이라고는 삼강오륜을 근거로 한 '충효' '근검절약'에 '청빈낙도'라는 구태 찬란한 정신뿐이었으니 늙어서도 편안한 노후를 기대하기는 애당초 틀린 일이 아닌지 모르겠다.

이런 우리 세대는 머리에 무거운 전통의 짐을 고스란히 지고 있어 늙은 부모를 끝까지 모셔야 한다는 효 사상을 버리지 못하는 마지막 세대이고 자식은 부모에게 무조건 복종해야 한다는 윤리관에서 헤어나지 못하는 꼰대 세대가 된 것이 비극의 단초가 되었다.

이런 우리 세대가 개벽 이래의 거사인 이민을 감행하다 보면 그 속에 묻혀 지내 온 삶이라는 것이 끝없이 엉켜 있는 실타래처럼 헤어나지 못하고 허둥대다가 생을 마감하는 것이 상례다. 특별히 이민생활에서 작은 부라도 일구어 내면 성공한 이민이라고 칭송을 받을 때는 그 속은 더욱 처참하게 무너진다.

이민의 첫째 목적이랄 수 있는 자식 교육은 어느 틈엔가 연기처럼 사라지고 서구 문명에 동화된 자식세대의 현대 가치관이 부모 세대의 전통 가치관과 충돌하면서 그 아비 세대는 여지없이 인생 1패를 당하고 만다.

그래도 외견상 그럴듯하게 보이려고 온갖 제스처로 감추어 보지만 죽음이 코앞에 다가온 처지에 감출 수 있는 것이 별로 없다 보니 스스로의 모습에 마음은 처참해질 수밖에 없게 된다.

이민이라는 일생일대의 거사를 감행할 때만 해도 자식들 잘 키워서 성공한 삶을 살게 하고 늙어 그 자식들의 보살핌이나마 받아볼까 하는 작은 소망이 있었지만 두 세대 간의 현격한 세대차로 인한 갈등으로 처참히 무너져 내릴 때 이민 1세대는 좌절하고 절망하게 된다.

이런 이민 1세대 중에는 열심히 이민생활의 어려움을 극복하고 성공한 노후를 보내고 있는 사람도 더러 있지만 대부분 가족의 안위와 자식 교육을 위해 몸을 사리지 않고 뛰었다가 결국에는 만신창이가 된 몸과 황폐한 정신만을 움켜쥔 채 삶의 마감을 준비해야 하는 슬프고도 힘든 자화상이 이민 1세대이다.

25. 이민의 열매 - 자식농사

조선왕조 말인 1902년, 하와이로 처음 이민이 시작되었을 때는 국권 상실로 온 백성이 절망과 기근에서 헤어나지 못한 시대적 배경 탓에 생존을 위한 탈출이 이민의 계기가 되었지만 해방 이후 시작된 이민은 그다음 세대를 위한 더 좋은 기회를 제공하기 위하여 자신을 희생하는 모습으로 진행될 만큼 시대가 변했다.

특히 월남전 참전과 독일 광부, 간호사 파견 그리고 중동 건설 현장 참여를 거치면서 나라 밖의 문물에 대한 눈이 떠진 것이 그 원인을 제공했다고 할 수 있다. 당시에는 가진 것이라고는 사람밖에 없다는 인식으로 밖으로 눈을 돌리는 현상은 너무 당연한 결과였다. 그렇게 시작된 이민의 구체적 목적은 결국 자식농사에 귀결될 수밖에 없었다.

이곳 호주는 1950년대 후반부터 시작된 이민사회가 몇 세대를 이어가는 동안 이제는 3세를 넘어 4세까지 나오고 있지만 가족 간의 유대가 어느 다른 민족들보다 특별하지 않다는 느낌을 받고 있다. 이민생활의 고난과 역경을 이겨오는 동안 묻혀있던 가족 간의 부조화와 갈등이 저변에 깔려 있음을 많은 체험을 통해 알 수 있었다.

개중에는 자식들의 교육에 특별한 관심을 두어 1.5세나 2세인 그들이 이 호주 사회에서 두각을 보여 큰 인물로 성장하면서 원만하고 아름다운 가정을 이루는 경우도 더러 있지만 대부분은 부모와 자식 간의 세대 차뿐만 아니라 문화적 차이로 인한 갈등을 가지고 있는 가정이 더 많다.

30년 한 세대를 살아오면서 많은 이민자들은 처음의 야무진 꿈을 가지고 올망졸망한 자식들 손을 잡고 낯선 공항에 첫 발을 디디게 되지만 그다음 순간부터 생존이라는 현실 앞에 허둥대기 시작한다.

'낯설고 물 설은' 그 땅에는 어려울 때 손을 내밀어 줄 부모나 형제자매도 없고 도움을 줄 친지마저 없는 황무지에서 스스로 가족이라는 공동체의 생명을 이어나가야 하는 처절한 현실을 마주하면서 점점 자식들은 관심에서 멀어져 가게 마련이다.

얼마를 지나 불현듯 주위를 돌아보다가 깜짝 놀라는 자신을 발견하게 된다. 가족의 생존을 이어가기 위해 동분서주하다 보니 그 자식들은 현지 문화를 빠르게 받아들여 이미 국적불명의 남의 자식이 되어 있었던 것이다.

늦으나마 되돌려 보려고 하지만 우선 의사소통부터 벽에 부딪치고 만다. 자신이 생각하고 있던 꿈과 미래를 설명해 보지만 알아듣지 못하는 영어로 딴청을 부리고 있으니 맨땅에 머리박기일 뿐이다.

그렇게 시간이 가고 세월이 변하면 머리가 커진 자식은 겉으로는 한국인 모습이지만 그 속은 샛노란 호주 사람이 되어 있으니 차라리 노랑머리 호주 아이를 데리고 사는 편이 낫다고 체념할 수밖에 없는 처지에까지 이른다. 그러다가 이민 1세는 늙어 노년을 맞으면서 자식들과는 그냥 아는 사람으로 살아가는 외로운 노후를 맞이하는 경우가 대부분이다.

그래서 자식을 위해 자신을 희생하면서까지 감행한 이민이 성공할 확률은 10%도 안 되는 바늘구멍이다. 대부분의 이민 1세들은 가슴속에 이런 아픔과 슬픔을 가지고 있지만 그 응어리를 씻어 내지 못하고 노년을 맞는다. 되돌아갈 수 없는 고국 땅이고 되돌릴 수 없는 이민의 세월을 곱씹으며 혼자서 주야장천 한국 TV를 끼고 살면서 오늘도 한국 음식점을 찾고 있다.

26. 30년 후

18세기 초, 산업혁명의 첫 불길이 일어났던 영국 잉글랜드의 한 시골 출신 두 청년이 미지의 땅 신대륙으로 가는 배에 올랐다. 에드워드 죠나단(Edwards Jonathan 1703-1758)과 멕스 쥬크(Max Juke)라는 두 청년은 새로운 대륙애서 각자 자신의 개성과 지향성을 달리하며 한 세상을 보내게 되지만 그 결과는 두 갈래로 갈리는 정반대의 인생을 살게 되었다.

신앙이 투철하고 신실했던 죠나단의 후손은 말년에 프린스턴 대학 총장을 지낼 만큼 큰 업적을 남겼고 그 4대 1,394명의 후손들 중에는 대학총장 12명, 교수 65명, 의사 60명, 성직자 100명, 상하원의원 5명, 군인 75명 저술가 85명, 법조인 130명, 부통령 1명 등 모두 큰 업적을 남긴 후손을 남겼다.

반면 무신론자였고 삶의 지향성이 없이 자유롭게 살았던 쥬크는 1,292명의 후손 중에 유아 사망 301명, 거지 310명, 불구자 440명, 매춘부와 도둑 110명, 살인자 70명이라는 정반대의 후손이 나왔으니 한 사람의 영혼의 차이에 따라 그 후손들이 이렇게 다르게 나누어지는 것은 전적으로 신앙의 유무에 따른 결과였다.

누구에게나 자신의 인생길은 늘 처음 걸어가는 길이다. 내가 1943년부터 지금까지 걸어온 길이 80여 년이니 2050년이 되면 앞으로 한 세대 후의 먼 미래가 된다. 우리 가족이 호주라는 미지의 땅으로 이민을 온 지 34년이니 대략 이민 세월만큼의 또 다른 미래를 상정해 보는 것은 나름대로 의미가 있다.

그때쯤에 세상은 어떻게 변해 있을까. 아마도 지금의 제4 산업혁명도 지나고 제5, 제6 산업혁명이 거쳐 가 있을 미래를 예상하기는 어렵지 않다. 다만 세상은 지금과 같은 빈부, 지역 편차가 많이 없어지고 첨단과학으로 무장한 새로운 문명의 원시 시대에 접어들어 있지 않을까 한다.

세계 인구는 현재 70억에서 약 100억 정도로 증가할 것이고 각 가정마다 첨단화된 풍요로운 사회에서 살아가는 이상적인 환경이 될 것이지만 문제는 나라 간, 종교 간의 다툼 그리고 역병의 발생에 따른 인구감소가 급격히 일어날 것이 염려스럽다.

그때가 되면 한국이라는 땅을 떠나 살게 된 지가 60여 년이 되니 나의 후손들은 아마도 여전히 호주라는 땅을 고국처럼 여기며 살고 있을 것이나 몇몇은 한국으로 이주하여 살고 있을 지도 모르겠다.

그때쯤에는 국토가 광대한 호주보다 오히려 좁은 땅 한국이 더 각광을 받게 될 것이고 특별히 통일된 한반도에는 더 많은 기회의 땅이 되어 세계 여러 나라가 눈독을 들이는 관심 국가가 될 듯하다. 이때를 대비하여 내 자손들은 한국어를 잊지 않고 익혀둔다면 그것이 또한 기회를 잡을 수 있는 열쇠가 될 수도 있을 것이다.

여기서 한국을 호의적으로만 볼 수 없는 위험요인이 있음을 유념해야 한다. 즉 중국 동쪽 해안에 집중적으로 건설되어 있는 원전이 자연재해(지진, 샨사땜 파괴) 등으로 한반도가 방사능오염으로 황폐화될 수도 있으며 백두산 화산의 폭발로 북한 지역 전역이 파괴되는 위험요소가 상존하고 있음을 염두에 두어야 할 것이다.

지금의 형편으로는 앞으로의 30년은 우리 가족에게 큰 기회
도 되겠지만 시련의 시기일지도 모르겠다. 그것은 기독교가 쇠
퇴해 가고 있는 호주의 사정이 그리 녹록지 않기 때문이다.

다문화주의를 지향하고 있는 호주는 이슬람 종파의 증가세가
심상치 않아 언젠가는 이슬람이 종교의 중심에 있게 되고 기독
교는 변방 종교로 전락해 버린 사회가 될지도 모르는 두려움이
있다.

현재 호주는 복지국가의 대명사처럼 되어 있지만 앞으로 정부
가 복지 예산을 감당할 수 없어 지금의 50대가 노인이 되는 때
에는 큰 혜택이 없는 보통의 국가로 전락할 수 있다.

2050년 6월의 어느 날, 나의 자손 40여 명이 한 집에 모여
60년 전에 우리의 할아버지 할머니가 호주 땅을 밟은 지 60년
이 되는 날을 기념하면서 서로를 축하하는 자리에 우리 부부는
하늘에서 내려다보며 기뻐하는 그날을 기대해 본다.

여적(餘滴)들

1. 고향, 그 끈질긴 추억

고국을 떠나 살고 있는 우리 부부는 조부모의 묘소를 참배하러 고향을 찾을 때마다 조금씩 변해 가는 그곳을 보고 이미 나의 기억 속에 있는 고향이 아닌 딴 동네라고 느껴졌다. 동네 앞 저수지는 이미 매립되어 온갖 건물들이 빼곡히 들어차 흔적도 없이 사라졌고 그렇게 운치가 있던 들판은 좌우로 육중한 고속도로가 앞을 가로막고 있어 동네의 형체를 없애 버렸다.

옛 동네로 들어갈 수 있는 길이라고 해야 고속도로 밑으로 난 터널 같은 작은 진입로밖에 없으니 그 옛날의 우리 집 고향 동네는 겨우 집터만 찾아볼 수 있을 정도로 폐허가 되어 버렸다.

내 고향은 경북 칠곡군 칠곡면 관음동이다. 나는 이곳에서 그다지 멀지 않은 지천이라는 곳에서 태어났지만 어린 시절의 대부분을 조부모가 계시던 칠곡에서 자랐기 때문에 내 고향은 칠곡이라는 의식이 자리를 잡게 되었고 누대를 이어 온 선조들의 묘당이 있던 곳이기도 해서 이곳이 나에게는 천상 고향이 될 수밖에 없었다.

내가 어린 시절을 보냈던 때는 전쟁의 소용돌이가 한창일 때라 사는 형편이 어려워 매우 핍절한 생활이었지만 나로서는 꿈과 추억이 뒤엉킨 산천으로 기억된다. 봄에는 논과 밭두렁에 돋

아나는 쑥이며 냉이 등 풋나물이 지천이었으며 여름에는 개천가에서 미꾸라지 잡는 재미가 쏠쏠했고 가을에는 집집마다 달려 있는 감이며 밤들이 넘쳐 났으며 겨울에는 꽁꽁 언 저수지에서 썰매 타기에 온통 정신이 팔려 지냈던 일들이 시간을 초월한 영상으로 그려진다.

우리 집은 자그마한 산자락에 자리한 몇 채 안 되는 배씨 집성촌으로 큰 집 앞에 'ㄷ'자형의 초가로 지어졌는데 안채에 대청마루를 중심으로 좌우에 방 하나씩과 부엌이 딸려 있었고 이 안채를 중심으로 좌측에 방 두 개와 창고로 연결된 사랑채가 있었으며 안채 우측에는 방앗간과 마구간으로 된 전형적인 시골집 구조였는데 어린 나는 이 집에서 4촌, 6촌들과 숨바꼭질을 하면서 뛰어놀 만큼 넓은 공간으로 여기며 살았다.

이 마당과 대청마루라는 공간은 평생 잊지 못할 잔영들로 빼곡히 채워져 있다. 동지섣달의 그 추운 겨울에 집중되어 있는 기제사 때에는 마당에 멍석을 깔고 밤 한두 시부터 새벽까지 그 제사가 끝날 때까지 꿇어 엎드려 있어야 하는 고통으로 기억되는 장소이기도 했고 우리 부부가 결혼을 하고 처음으로 조부모님에게 인사를 드리러 갔을 때 양가에서 한사코 반대하는 혼사였기 때문에 조부께서 신혼부부의 절 받기를 거부하시는 바람에 결국 정식으로 절을 올리지 못하고 말았던 불편한 기억의 장소이기도 하다.

그 마당에서 댓돌로 오르면 바로 대청마루인데 그곳에 서면 앞에 펼쳐진 들판과 저수지가 한눈에 들어온다. 그 뒤의 야트막한 산을 넘으면 이내 우체국이며 지서와 학교 등이 있는 읍내로 이어져 나는 5년 동안 이 산을 넘나들며 학교를 다녔다. 고무신에 책과 필통을 보자기에 싸 허리에 매고 다녔는데 겨울에는 강변에서 주은 주먹만 한 돌을 부엌 불로 데워 헝겊에 싸서 가지고 다녔다.

이렇게 신나게 뛰어놀던 유년 시절의 나에게는 아무에게도 말하지 못하는 어두운 그림자가 늘 따라다니고 있었다. 초등학교 시절의 5년 동안 정성을 다하여 키워 주신 조부모이셨지만 왜 나는 아버지, 어머니가 없을까 하는 생각과 왜 나를 이곳에 놓아두고 멀리 떠났을까 하는 의문이 풀 수 없는 수수께끼가 되었고 그 부모님이 가신 북쪽 하늘을 바라보면서 혼자 사랑채 뒤 툇마루에 앉아 눈물을 훔친 적이 한두 번이 아니었다.

이때 조부로부터 받았던 한학은 내 일생 지식의 근원이 되었고 혼자 떨어져 살아야 하는 고독감은 모든 일을 스스로 해결하는 능력의 토양이 된 듯하다. 다만 부모 슬하를 오랫동안 떨어져 살다 보니 정서적으로 불안하고 매사 자신감을 가질 수 없었던 부정적 사고가 나의 이후 의식세계를 지배하게 될 줄은 그때에는 알지 못했다.

2. 할매 이야기

김정동(金正同), 우리 할매의 정식 이름이다. 당시 여자로 자신의 이름을 갖는 것 자체가 인정되지 않았던 때였기에 나는 호기심으로 묻고 또 물어 알게 된 우리 할매의 함자이다. 나의 할매는 들성댁이라고 불리면서 시집살이를 시작하신 듯하다.

경상북도 선산의 어느 마을 이름에서 유래되었다고 여겨지는데 당시로서는 여자의 친정 마을 이름을 결혼과 동시에 가져와 택호로 사용하던 관례에서 그랬던 것 같다. 우리 세대가 다 그러했듯이 6.25의 전화로 고향 칠곡의 조부모 슬하에 홀로 맡겨진 나는 초등학교의 대부분을 이 할매의 지극한 보살핌을 받고 자랐다.

그 어려웠던 시대에 손자에게 한 술의 밥을 더 먹이기 위해 대신 끼니를 거르는 일이 다반사였던 그 할매가 돌아가셨다는 소식을 나는 강원도 현장에서 들었다. 80세를 넘기셨으니 당시로서는 장수하신 셈이지만 할매가 세상에 계시지 않다는 사실이 실감이 나지 않을 만큼 나의 뇌리에 할매의 잔영이 깊게 남아 있었다.

"내가 죽거든 내 가슴을 파 보아라. 시커먼 '숯디이'가 꽉 차 있을 끼다."

그 할매가 생전에 나에게 습관처럼 읊조리시던 말씀이었는데 남편과 평생 얼굴 한번 다정스럽게 대하지 못하고 사셨던 굴종의 세월을 이렇게 표현하셨다고 여겨진다.

할머니가 돌아가시니까 누구보다도 애통하신 분이 우리 할배이셨다. 자식들에게 "곡(哭) 해라."라고 닦달을 하시면서도 뒤로 돌아앉아 혼자서 눈물지으시던 모습이 당시 나로서는 이해할 수가 없었다. 생전에 후회할 일을 그토록 많이 하셔서 그랬는지 아니면 배우자의 죽음 앞에서 회한이 밀려와서 그랬는지 나는 분간을 할 수 없었던 것이다.

엄격했던 유교의 전통만 이어받았지 한 끼의 밥도 제대로 챙겨 먹지 못했던 시대에서 미천한 여자로 태어나 살았던 인생이 마지막에도 한마디 자신의 말을 남기시지도 못하고 유교적 율법 속에서 생을 마감하신 우리 할매는 지금 생각해 보면 성인의 반열에 올려 드려도 부끄럽지 않을 만큼 훌륭하셨다.

훤칠한 키에 백옥같이 흰 피부의 시원스러운 자태는 당시 여자로서는 그리 좋게 받아들여지는 타입이 아니었지만 시대를 잘못 타고난 탓에 그 미모 한번 뽐내 보지 못하고 한 남자의 아녀자로 오직 인내하면서 일생을 보내신 할매는 자신의 위치를 한 번도 드러내지 못하고 사셨다.

슬하에 3남매를 두셨고 그중 둘째 아들이 세상에서 출세했을 때에도 손 한번 잡아 보지 못하면서 먼발치에서 눈물로 쳐다만 보곤 하셨다. 자식이 장관이라는 나라의 판서 자리에 올랐을 때에도 아들이 사는 서울 집에 한 번 가 보고 싶었지만 아낙네의 엄격한 출입제한에 스스로 한을 삼키고 싶으셨던 듯하다. 어쩌다 서울서 그 아들이 시골 고향 집에 오기라도 하면 아들 손이라도 잡아 볼 요량으로 가까이 가 보지만 할아버지의 눈치 살에 그저 오금만 잡고 마셨다.

일본이 패망하고 조금 살기가 좋아질까 기대하고 있던 즈음에 시작된 6.25라는 민족의 고난 시대를 거치면서 우리 할매의 삶은 더욱 시리어 갔다. 전란의 소용돌이 속에서 큰 아들이 떠맡기고 간 맏손자를 간수하기 위해 허기진 자신의 배고픔은 늘 뒷전으로 밀렸고 자식들에게 하던 그 이상으로 온갖 정성을 들여 그 손자를 키워 내셨다.

손자가 그 할매의 나이가 되어서 문득 70여 년 전의 일을 생각하면서 미처 다하지 못한 불효스러운 마음이 드는 것은 세월 탓인지 나이 탓인지 분간이 안 되지만 그 추억들이 거역할 수 없는 회한이 되어 밀물처럼 다가오고 있다.

벌써 70년도 더 된 일이 요즈음 생각나는 것은 이제 내가 이 세상을 마치고 저세상에 계실 할매를 만나 볼 생각을 하기 때문이 아닌가 하여 눈에는 처연한 눈물이 고이고 있다.

3. 제사의 추억

초등학교 6년의 대부분을 조부모 밑에서 양육된 나는 추운 겨울에 치러지는 제사에 대한 기억이 아직도 지워지지 않는 악몽으로 남아 있다. 제사가 드는 하루 전부터 조부님은 몸가짐을 바로하고 집안 내외를 정결하게 청소하는 일을 시작으로 하여 장손인 나에게 그 예식의 절차와 법도를 가르치시기에 한 치의 소홀함이 없으셨다.

먹을 갈고 한지를 준비해서 지방과 축문을 쓰고 제사상을 꺼내 닦는 일 등 얼마나 정성을 들이는지 아무것도 모르는 철부지 나로서는 무조건 엄숙한 표정을 지어야 하는 줄 알고 어른들의 눈치만 보며 지냈다.

문제는 제사가 시작되는 새벽 1시경부터 나의 고역은 본격적으로 시작된다. 대청에 제사상을 차려 놓고 댓돌 아래 마당에 큰 멍석을 깔고 엎드려 기다려야 하는 두어 시간의 제사 행사는 저려 오는 무릎의 아픔은 고사하고 엄동설한의 추위가 고사리 손을 헤집고 들어오면 빨리 그 제사 행사가 끝나기만을 기다리는 방법밖에는 도리가 없었다.

행여 자세가 바르지 못하다든가 춥다고 안방에 기어들어 갔다가는 조부님의 불호령이 떨어지게 마련이라 이 몇 시간의 고문 시간은 어린 나에게는 그야말로 지옥의 형벌일 수밖에 없었다.

어른들이 하는 이런 모습을 보아왔던 나는 그 엄숙한 제사를 위하여 그 핍절의 때에도 갖출 것은 다 갖추어 제사상을 준비해야 하는 조모님의 노고가 얼마나 절절했는지 당시 나로서는 짐작조차 하지 못했다.

이런 기억들이 나의 유년 시절을 지배하다 보니 왜 그런 허례와 허식으로 죽은 사람을 숭배하면서 자신을 희생해야 하는지 하는 의문이 내내 사라지지 않고 나의 의식세계에 깊이 자리 잡는 계기가 되었다.

그런 유년 시절을 보낸 나는 자신의 정체성을 탐구하려는 생각은 자신의 당대와 그 후손에서 찾기보다는 자신의 조상으로부터 찾으려고 노력하는 일은 대단히 모순되고 가식적인 행태로 인식하기 시작하였다.

이런 현상이 조상숭배 의식으로 발현되고 있고 이 풍조는 한국 사회의 저변에 깊은 뿌리를 내리고 있다는 사실을 알게 되면서 제사에 대한 거부감은 더 커져 가고 있었다.

삶의 최고 가치라고 할 수 있는 5복과 부귀영화를 추구하는 소망을 달성하기 위해서는 먼저 가신 자신들의 조상들 도움이 절대적이라는 관념이 신앙으로 승화되어 의식세계를 이루다 보니 조상숭배에 목숨을 거는 현실이 일반화되어 버린 것이다. 여기에 더하여 전래의 미풍양속이라는 요소까지 겹쳐지면서 이 조상숭배 사상은 삶의 절대적 가치로 자리매김한 것이라고 할 수 있다.

사람이 늙어 죽음에 이르는 것을 성경에서는 '잔다.'로 표현하고 있다. 잠을 잘 때에는 생시의 기억이 없어지는 상태임을 감안한다면 조상들이 죽는다는 사실은 그 이후 아무것도 기억할 수 없는 상태의 영면 상태가 되는 것이다. 아무것도 기억하지 못하고 육신은 썩어 흙이 되는 조상이 자손을 위해 아무것도 할 수 없음은 자명한 일이다.

죽은 조상의 제사에 그 혼백이 찾아온다는 속설은 인간과 다른 차원에서 활동하고 있는 잡신들이 그 조상의 흉내를 내면서 인간을 괴롭히는 현상을 보고 살아 있는 사람들이 조상의 현신이라고 착각하는 데서 기인하는 것이다. 이로써 기독교에서는 그 잡신들에게 현혹되어 제사 지내는 일을 금하게 되는 근본적인 이유가 되는 것이다.

조상을 추모하는 일은 그 조상을 기억할 수 있는 자식과 손자 대 정도면 충분하다고 생각된다. 50년이나 60년 정도가 이에 해당된다. 실례로 우리 6남매 중 딸들을 제외하더라도 그 자식들이 고향의 증조부 증조모를 기억이나 할 수 있겠는가 하고 미루어 보면 알 수 있다. 즉 나의 조부모에 대한 기억을 나의 자손들에게까지 요구하는 것은 무리일 뿐만 아니라 현실적으로도 불가능한 일이다.

이런 이유로 나의 고향에 있는 나의 조부모님 산소는 부모님의 유분을 함께 뿌린 곳이기도 해서 특별히 추모공간을 마련하지 않는 한 그곳에 그대로 존치해야 한다고 생각하고 있으며 내가 죽으면 더 이상 나의 자식들에게 그 묘소를 지키라는 의무도 지워서는 안 된다는 생각이 지금 나의 생각이다.

4. 효도 내력(來歷)

어느 해 방송에서 강릉의 최씨 가문을 지키고 있던 마지막 종손을 그 자녀들이 섬기는 효도의 모습이 전파를 탄 일이 있다. 청학헌(聽鶴軒)이라는 고택에 아흔넷의 아버지를 도회지에 살던 쉰 넷의 아들이 돌보며 섬기는 모습을 그렸는데 늙은 아버지를 모시는 자식의 정성이 지극하다 못해 눈물겹도록 감동스러운 광경을 전해 주었다.

1, 2년 정도 효도를 하면 그 아버지가 돌아가실 줄 알고 도시에 가정을 그대로 놓아둔 채 와서 섬기기를 5년, 결국 그 아버지는 아흔아홉이 되었고 자신은 60을 코앞에 둔 초로의 노인이 되었다. 그 5년 동안 자식은 자신의 가정을 돌볼 수 없었고 백수에 이른 아버지는 언제 돌아가실 줄 모르고 살아가는 형편이

안타까움으로 전해졌다.

자식이 늙은 부모를 섬기는 일을 효도라고 한다면 그 방법은 한 가지로 정의할 수 없을 만큼 다양하다. 이런 효도문화는 충효사상이 근간인 유교를 통치이념으로 한 조선은 말할 것도 없고 동서양의 시간과 공간을 넘어 형태는 다르지만 인류사에 면면히 이어지고 있다. 따라서 그 방법에는 역사와 문화, 전통에 따라 다르겠지만 동양에서는 형식이 내용을 포괄하는 반면 서양은 형식보다는 내용 그 자체를 중요시하는 것이 특징이라 할 수 있다.

부모가 죽으면 그 묘지 옆에 거적으로 묘막(墓幕)을 만들어 놓고 3년 동안 시묘(侍墓)하는 전래의 한국풍습을 서양의 시각에서 보면 허례와 비효율의 극치로 보일 것이고 몇 번의 예식으로 장례를 마치는 서양의 장례 문화를 동양에서는 받아들일 수 없는 무례로 보는 것이 그 예일 것이다.

아들은 자기 아버지가 할아버지에 대한 효도의 모습을 보고 자신도 그럴 수밖에 없을 것이라는 운명적 효도관을 확립하는 것을 보고 효도는 자신의 부모가 그 윗대 부모를 어떻게 섬겼는가를 몸으로 보여 준 바를 자식이 따라 할 수밖에 없다는 효도의 내력(來歷)은 지극히 경험적인 문명감각이라고 할 수 있다.

나는 내가 어릴 때 부모와 떨어져 할아버지 슬하에서 자랐기 때문에 조부께서 그 윗대 부모에게 하셨던 효도관을 미루어 짐작해 볼 수 있었다. 동지섣달 추운 겨울에 드는 두 분 기제사 때에는 초저녁부터 울먹이기 시작하시는 할아버지는 초헌을 올릴 때쯤에는 통곡으로 치닫게 된다. 나는 효심이 얼마나 지극하셨으면 그렇게까지 애통해 하실까 하고 생각하면서 원래 효도는 그 정도는 되어야 한다고 몸으로 익히게 되었다.

이민 후 호주에 살고 있는 동안 나는 이 효도 문제로 많은 어려움을 겪었다. 부모를 떠나 있다 보니 불효하다고 생각하는 마음 때문에 다른 이민자들보다 훨씬 많은 횟수로 귀국길에 오를 수밖에 없었다. 이때는 경제적으로 안정이 되어 있지 않은 이민 생활 탓에 한 번씩 오가는 비용이 만만치 않아 정착에 어려움이 많았다.

그러다 보니 나의 자식들에게 동양적 효도의 모습을 실감 있게 보여 줄 기회가 없어서 진정한 효도의 형식도 가르치지 못하게 되고 말았다. 다만 부모와 자식 사이에 있을 수 있는 서양적 효도관인 자연적이고 실제적인 모습만 보아 온 자식들은 내가 기대하던 효도의 형식을 표현하는 데는 많이 서툴 수밖에 없다.

자식들은 아비로부터 늘 핍박받고 살았다고 여기는 저희 엄마를 섬기기에 목을 매다 보니 지금의 우리 집은 여자들 중심으로 형성된 결사체가 해가 갈수록 더욱 공고해지는 것은 너무나 당연한 결과가 되고 말았다.

내가 지금 그 할아버지 나이가 되었다. 그때 당시 할아버지의 망극한 효심을 다 이해하지 못한 죄스러움과 불효된 마음이 나의 심연을 울리고 있다. 자식을 위해 결행한 나의 이민 여정으로 천국에 가서라도 나는 그 할아버지, 할머니에게 못다 해드린 효도를 해드리고 싶다.

5. 40년의 탈춤 - 어느 이민 1세의 독백

지난 40년 동안 그는 탈을 쓰고 살았다. 양반탈도 있고 종놈탈도 있고 각시탈도 있어 수시로 바꾸어 가면서 이 탈을 쓰고 살았다. 탈이란 본래 모습을 감추기에 딱 어울리는 도구였다. 기쁠 때는 그 기쁨을 다 드러내지 않아도 되었고 슬플 때는 눈물을 감출 수 있어서 좋았다. 그렇게 오래 탈을 쓰고 살다가 이제 그 탈을 벗을 때가 된 듯하여 벗어 버리고 싶었지만 그게 마음대로 되지 않았다.

땀에 절어 냄새가 나고 색도 벗겨져 흉물스럽게 찌그러들어 더 이상 탈이 아니게 되었을 때 그는 그 탈을 벗으려고 했더니 그 탈속의 아비 모습을 보고 자식들은 놀라서 도망가려고 했다. 멀어져 가는 피붙이들에게 손이라도 잡아 보려고 했으나 늙고 병든 손이라고 잡아 주지도 않았다.

그 손은 온 식구의 세 끼 밥을 구하려고 별의 별것을 다 만졌고 별의별 일들을 다 한 손이다 보니 마디가 굵어지고 상처투성이여서 선뜻 잡고 싶지 않았을 것이다. 그래도 아직 한 사람을 더 보살펴야 할 손이기에 그는 그 손을 다시 옷 속으로 여밀 수밖에 없었다.

그 손이 상처가 나고 아플 때 그의 얼굴에는 땀도 나고 눈물도 났다. 남의 집 마루를 닦고 페인트칠을 할 때는 땀과 눈물이 범벅이 되었다. 그때 그는 그 탈을 쓰고 있어서 그 모습을 자식들에게 보이지 않을 수 있어서 좋았다. 자식들은 옛날 한국에 있을 때 그 아비의 얼굴만을 기억할 수 있도록 그는 지난 40년 동안 이 탈을 쓰고 살았다.

자식들은 그 40년 동안 아비가 탈을 쓴 모습만 보고 살았다. 아비가 아니라 탈이 아비였던 것이다. 늘 화난 얼굴로 자식들을 닦달하던 모습이 아비인줄 알고 자신들의 망막에서 아비의 상을 지워 버렸다. 그 후 자식들은 집에서 함께 살 때에도 어떻게 하면 좀 더 그 탈로부터 멀어질까 고민하며 살았다.

이제 그 한 세대 40년이 지나고 그 부부가 가정을 시작한 지 50년이 넘게 되는 금년, 그는 마지막 남은 탈을 벗어 버렸다. 탈을 벗은 그의 주름진 얼굴과 긁힌 상처투성이 얼굴에는 권위라든가 총명이나 지식과 같은 영롱함은 흔적도 없이 사라지고 앙상한 광대뼈와 볼품없는 주름만이 고통의 흔적으로 남아 있을 뿐이다.

탈을 벗은 아비는 슬퍼졌다. 탈만 보고 그 탈을 아비로 생각해 온 자식들은 그 속에 있는 아비의 눈물을 보지 못하고 목소리를 들으려 하지 않기 때문이다. 아비는 둥지를 옮겨 와 가장 성공한 가정이라는 허울 속에서 헛 탈춤을 추었던 지난 40년이 슬퍼진 것이다.

살아온 세월이 너무 억울해서 한때는 죽어 버릴까도 생각했다. 그러나 그의 옆에는 자기보다 더 늙어 버린 아내가 있어 그 짓도 못하고 말았다. 그 아내는 행여 남편이 다칠까 혹 자신보다 먼저 죽을까 노심초사하며 살았던 한평생이었는데 남편 없이 혼자 살 수 있는 사람이 아니라서 죽지도 못했다.

이제 그의 한 평생의 세월이 흘렀다. 그 후반인생 모두는 탈이 헐어 벗겨지는 것조차 모르고 살았지만 이제 그 탈은 더 이상 쓸모가 없어졌다. 너무 헤어져 다시 꿰매 쓸 수도 없고 써 보았자 이제는 헐거워져서 맞지도 않기 때문이다.

버려진 그 탈은 아무도 거들떠보지 않는 천덕꾸러기 물건이 되어 버렸다. 구석진 곳에 을씨년스럽게 뒹굴고 있는 이 탈은 언젠가 치워질 게 뻔하지만 탈의 주인은 선뜻 그 탈로부터 눈길을 떼지 못하고 있다. 정녕 한 세월의 일생이 헛되었는지 아니면 이렇게 될 줄 진작 몰랐는지 하는 후회만이 그의 횡한 가슴을 치고 있다.

6. 동행 60년

아메리카 인디언족의 결혼 축사에 이런 문구가 있다고 한다.

'이제 두 사람은 비를 맞지 않을 것이다. 서로가 지붕이 되어 줄 것이니까. 이제 두 사람은 춥지 않을 것이다. 서로가 이불이 되어 줄 것이니까. 이제 두 사람은 외롭지 않을 것이다. 서로가 동행이 되어 줄 것이니까. 이제 두 사람은 한 몸이 되어 대지 위에서 오랫동안 행복하여라.'

어느 결혼 축사보다 간결하고 정곡을 찌른 결혼 축사라고 할 수 있다.

서기 2030년이면 우리 부부가 한 몸이 된 지 60년이 되는 해다. 앞으로 아직 몇 년 더 남아 있어 지레 그때를 상상해 보는 일은 부질없는 일이 될 테지만 그때까지 살아 있을 지도 모르면서 생각해 보는 것은 그때쯤까지 살아 있으면 하는 희망이 배어 있는 말이다.

그러나 지금의 건강 상태로는 어림없는 말이 되겠지만 동행하는 기간이 60년이라면 사실 대단한 축복이라고 할 수 있다. 갑자(甲子)가 한 바퀴 돌아오는 회갑 년 동안 함께 살았다면 참 행복했을 것이라고 으레 생각하겠지만 그 60년은 한 마디 말로 표현할 수 없는 질곡의 세월 속에 이루어 낸 두 명의 결사체의 역사라고 하는 것이 더 어울릴 것이다.

대한민국의 국운이 한참 오르기 시작하던 1970년, 국군의 날 다음 날 우리는 서울에서 결혼식을 올렸다. 그러나 그 결혼식은 어딘가 한쪽이 썰렁한 결혼식이었다. 예수 안 믿는 신랑이 미덥지 못해서 그리고 예수 믿는 신부가 못마땅해서 두 집에서 서로 주저했던 결혼식이었으니 온 가족의 축복은 애당초 기대하지 않고 강행한 결혼식이었기 때문이다.

그러다 보니 혼수고 예물이고는 당초부터 우리에게 내세울 조건이 되지 않았기에 맨주먹으로 시작한 우리 부부는 한 세월을 보내고 나니 어려웠던 그때가 아스라히 빛바랜 흑백사진으로만 남아 있다. 유행의 첨단을 달리던 신부는 어느 날 갑자기 사방이 산으로 둘러싸여 하늘이 한 뼘밖에 되지 않는 강원도 산골에서 단박에 산골 아낙이 되어 버렸다.

세상의 인연으로 함께 살아온 지 반세기가 넘는 세월 동안 내 옆에 있는 모든 것이 귀하고 아쉽다는 생각이 드는 것은 인생의 황혼기 끝에 쯤에 접어든 우리 부부가 요즘 느끼는 회한이다. 강원도 현장에서 시작한 신접살림이 서울을 거쳐 태평양을 건너 캐나다 밴쿠버로 갔다가 다시 서울에서 호주 멜버른 그리고 시드니로 옮겨 사는 동안 3녀 1남의 자식과 여덟 명의 손주를 거느린 대가족이 되었다.

이 대가족을 갈무리하는 일에는 단연 아내의 역할을 제일 먼저 꼴을 수밖에 없다. 아내란 바가지를 긁으면서도 그 바가지로 가족을 위해 밥을 해 주는 일을 천직으로 여기는 사람이고, 아이들을 혼내고 나서 뒤돌아 앉아 아이들보다 더 많은 눈물을 흘리는 사람이며, 살이 찌고 뚱뚱해도 엄마라는 이름으로 아름다운 사람이며, 당장 잃어버린 동전 한 닢에 안절부절못해도 남편과 자식을 위해서는 쌈짓돈 거금을 내어 놓는 사람이며, 남편이 저세상 가는 길에도 끝까지 홀로 남아 못다 한 정 아파하며 울어 줄 사람이기 때문이다.

그래서 아내란 이 세상에서 가장 의리 있고 착하며 늙어서까지도 남편에게만큼은 여자이고 싶은 소녀 같은 친구라고 할 수 있다. 때로는 며느리로, 전업주부로, 엄마로, 아내로, 1인 다역을 끄떡없이 해내고 있는 무한한 에너지의 소유자이기도 하다.

언제까지 지치지 않고 쓰러질 것 같지 않던 아내에게도 주름진 얼굴과 흰머리에 에너지가 고갈되어 나약하고 힘없는 모습으로 변해 버렸다. 아주 작은 것에 상처받고 아주 작은 일에 큰 감동을 받는 사람이기 때문에 나는 이 사람을 죽을 때까지 아끼며 보호해 주려고 하지만 이 두 명의 결사체로 남아 있을 시간이 그리 넉넉하지 않을 듯해서 마음이 조급해진다.

노년, 그 후

ⓒ 배용찬, 2023

초판 1쇄 발행 2023년 7월 1일

지은이   배용찬
펴낸이   이기봉
편집   좋은땅 편집팀
펴낸곳   도서출판 좋은땅
주소   서울특별시 마포구 양화로12길 26 지월드빌딩 (서교동 395-7)
전화   02)374-8616~7
팩스   02)374-8614
이메일   gworldbook@naver.com
홈페이지   www.g-world.co.kr

ISBN   979-11-388-2038-7 (03810)